小檜山博

人生讃歌

北国のぬくもり

河出書房新社

人生讃歌　北国のぬくもり　＊　目次

I

故郷という原点

Ⅲ　人生という宇宙

人生讃歌

北国のぬくもり

I　故郷という原点

雑草育ち

先年の夏、余市《よいち》の山村に住む友人の橋本武雄宅の野外で、七、八人で酒を飲んだ。煮立った水銀の玉みたいな金色《こんじき》の太陽光が降りそそぐ草原に座り、七輪《しちりん》に火を起こしてホッケやサンマを焼き、天ぷらをあげた。まわりの山からはウグイスやカッコウ、ヤマバトやツグミの声が頭上へ降ってきて、楽土《らくど》であった。

友人は周囲の草っ原や水田の畦《あぜ》に生えているタンポポやオオバコ、セリやヨモギなどをむしってきて天ぷらにした。ぼくが名前の知らない雑草までどんどん取ってきて煮立った油の中へ入れるのである。農業大学を出ている彼のやることだからぼくは驚かなかったが、それでも「こんな草まで大丈夫か」と聞くと彼は「なんもだ。馬が食うものは全部、人間が食っても何でもない」と笑った。それで思い出した。

ぼくは自分の言葉づかいや所作から粗雑さが抜けないのは、子供のころ雑草や木の芽など野生の物を食べ過ぎたからではないか、と思うことがある。草食の山羊《やぎ》がおとなしく肉食の虎が荒々しいのと同様、人間も食べる物によって性格が違うことがあるかもしれないと考えてしまうのだ。

滝上《たきのうえ》の雄柏《ゆうはく》小学校のころの春から秋にかけて、ぼくは学校へ出掛ける朝、塩を一つまみ紙切れに包んで持つ。母からは放課後はまっすぐ帰ってきて畑仕事を手伝えと言われていたが、ほとんどの日ぼくは道草《みちくさ》をして母には学校で掃除していたと嘘をついた。勉強なんか面白くないうえ農作業も好きでないぼくにとって、学校帰りの道草は楽園であった。

春の山野は食べ物が豊富で、地面に出たフキノトウに塩をつけて食べる。イタドリの若芽も塩と合った。山ブドウの少し酸っぱい芽と葉と蔓《つる》に塩をつけた味は、春の野草の王者であった。スイバの葉と茎《くき》も酸っぱく、塩とよく合った。

とにかく塩があれば野草は何でもおいしく、ハコベやツクシ、タラノメやセリもうまかった。もちろんしょっちゅう腹具合は悪くなったが、そんなことは雑草食には当然の状態で心配することではなかった。

オオバコは解熱剤にしたが、うちの母はぼくら子供が熱を出すと畑からミミズをつかまえてきた。それを急須《きゅうす》に入れて三十分ほど煎《せん》じたミミズ湯を飲まされた。それで熱が下がったかどうかの記憶はないが、汁の生臭さはおぼえている。タンポポも普通のは苦くて食べなかったが、ぼくらが勝手にセイヨウタンポポと呼んでいたのは花も葉も茎も甘みがあり、塩をつけなくてもおいしかった。

夏の初めはサクランボも腹具合が悪くなるほど食べた。アカザの若葉の味はまあまあだった。草原に咲き乱れるクローバーやアカツメクサの花を、蜜蜂のうわまえをはねて丸ごと口に入れて甘い蜜を吸った。それでも足りず蜜蜂をつかまえて胴を千切《ちぎ》り、中にたまった蜜をちょうだいした。オンコの実を種ごと大量に食べ過ぎて下痢をした。

このころの一番のごちそうは山グワの実で、一粒ずつもぐのはまどろっこしいため小枝を握ってしごくように一度に大量の実をとって口へ放り込む。あるとき実といっしょにカメムシをパリパリと噛《か》んでしまい、その悪臭のひどさに飛び上がった。目眩《めまい》がし、家へ帰るまで唾《つば》を吐きつづけたがとれず、口に残ったカメムシの異臭は二日ほど抜けなかった。

夏の終わりからは下校中オシラネップ川で素裸で泳ぎ、川岸のグミの実を食べる。食べ過ぎて舌がしびれ腹の調子がこわれたが、下痢には慣れているので何の問題もなかった。グスベリも赤く熟すまで待てず青いのに塩をまぶして食べ、それでまた下痢をした。

山や草原に実がない時期があると、ぼくらは困った。それで村の家々の道ばたにあるスモモやナシやリンゴを持ち主に見つからないよう、もちろんその家に迷惑をかけないよう、ほんの少しだけ黙ってちょうだいした。

秋の初めには熟したホオズキの玉の中の種を出して風船にして口で鳴らしたが、種が甘いときは食べてしまった。このころマタタビやカリンズ、野イチゴやサンナシ、ヒメリンゴが豊富で、これも食べ過ぎて腹をこわした。つまりぼくら村のガキは一年じゅう下痢ぎみだったわけだが、村道わきはどこも丈の高い草むらのうえ尻ふきもフキの葉やイタドリ、ヤマゴボウの葉が豊富で、贅沢なものであった。

秋の最高のごちそうは山ブドウだった。霜が降りると甘く熟すのだがそれまで待てず、茶色のうちにとって食べて腹の具合が悪くなったが、それにめげず毎日食べた。

コクワも軟らかく熟すまで待てず、硬いのを家の米ビツの米の中へ埋めておく。三日ほどして軟らかくなったのを食べるのだが、頭がくらくらするほど甘くてうまかった。

学校が休みの日は一人で家の前の山へ登る。イタヤの木に小刀で小さい傷をつけ、そこへ空き缶を針金《はりがね》でくくりつけておく。次の朝行くと空き缶いっぱいに木の汁がたまっていて、それを持ち帰り小鍋で煮つめて飲むのである。うまかった。本当にうまかった。自分の体が木の幹になっていくみたいな気がした。

その後、都会へ住んで六十五年ほどたつが、ぼくの中の野生は消えず大ざっぱなままだ。何の問題もない。

故郷へ帰って

ぼくが生まれたのはオホーツク海から四十キロほど山奥へ入った滝上《たきのうえ》の山村で、父母は農家であった。作物は麦、蕎麦《そば》、米をはじめ大豆、カボチャなど自分たちの食べる物はほとんど作っていた。

ジャガイモは農林一号という品種で、塩で煮たり蒸《ふ》かしたりすると表面の皮が小さな花でも咲いたようにはじけ、食べるとホコホコして和菓子かと思えるほどおいしかった。

あるとき父は自分が生まれ育った故郷の福島県喜多方《きたかた》で農家をしている甥《おい》に、そのジャガイモを食べさせたいと言って送ったことがある。すぐ甥から便りがきて、「こんなおいしいジャガイモは食べたことがない。こっちで作りたいから種芋《たねいも》を送ってほしい」と言ってきて、父はすぐさま百個ほどの農林一号を送った。

次の年の秋口《あきぐち》、福島県の甥から、あの芋を収穫したが全部べたべたして水っぽく、ホコホコしない、ことしの気候のせいだと思うからもう一度、種芋を送ってほしいと言ってきた。それで父は再び農林一号の芋を送ったところ、次の年もまた甥から水っぽくてまったく味が違う芋ができたと言ってきたのである。

そのとき父は首をひねり「やっぱり土と気候だ」と呟《つぶや》いたのだった。小学六年生のぼくにもそれが風土のことらしいとわかった。


二十四歳で東京へ住みはじめて間もなく、ぼくは次第に体調が悪くなった。常に風邪でも引いたみたいに微熱が出て体がだるく、喉が痛くて鼻が詰まった感じの状態がつづくのだった。医者にかかっても扁桃腺《へんとうせん》が少し腫《は》れているだけで風邪でもなく肺にも異常はないと言われた。

しかし軽い頭痛や微熱が一年近くつづき、やがて医者に神経性蓄膿症《ちくのうしょう》という素人には厄《やっ》介《かい》に思える病名を言われ、ぼくは途方に暮れた。医者はさらに、この病気はなおりにくい傾向があるから鼻の手術をすると言い、ぼくはさんざん迷ったすえ、手術はもう少し先にしたいと言った。

そのうち喉の痛みがひどくなって熱も出、ぼくは別の病院へ行った。手術がいやだった。しかし新しくかかった医者は、鼻の手術ではなく扁桃腺を切ったほうがいいと言い、ぼくは仕方なくその医者の言葉に従って右側の扁桃腺を切り取ったのである。十日間入院した。

だがそれから三年くらいたっても軽い頭痛や鼻づまり、微熱があるような体のだるさはつづいた。新聞社勤めで夜勤もあり、昼間に勤務のときは夜、同人雑誌仲間と深酒をしたりなど、いくぶん生活は不規則だったが、まだ二十七歳で元気なつもりだった。

ある日、通いつづけて親しくなった医者が笑いながら「要するに、あなたは東京の水が合わないってことですよ」と言ったのだった。

東京の水が合わないと言われたときぼくは、何がなんだかわからないまま、そんな馬鹿な、と思った。山奥で野性的に育って体は頑丈《がんじょう》だと思っていたからだ。

だが冷静になって考えているうちに、次第に水が合わないという意味がわかってきたのである。風土だと思った。生まれ育った環境の風土でつくられたぼくの体の風土に違いなかった。風土とはそこに住む人の考え方や生活のかたち、精神を決めると考えられるその土地の気候や水の質、土地の質などの状態のことと辞典には書いてある。

この風土が決めるという意味の中に、ぼくは身体機能も含まれると思うのである。つまり体のありようも風土によるところが大きいと体験から考えるのだ。

風土の風はしきたり、ならわし、風習のこと、土は文字どおり大地をさす。まずぼくは北緯四十四度の、冬は氷点下三十度にもなる土地に生まれた。山と山の間が二百メートルもない狭い沢で、農作業も荷物運びも嫁入りの移動も馬車か馬橇《ばそり》で、自動車や機械一つない村で育った。

村には電気もきておらず石油ランプの生活で、水は山の湧き水を飲み森林の中の空気を吸い、そこの土で育った食べ物を食べて育った。つまりぼくの体は深い森の奥の空気と土と水と、そこにそそいだ太陽の光によってつくられていると考えるのである。

そういう環境の風土でできた体を、北緯三十六度という暖かい南になる東京へ移したのである。一千二百万人の人と膨大な数の機械と自動車と高層ビルで埋め尽くされ、地面をアスファルトで覆《おお》われた、森も川も星空も見えない東京へ移して、うまくいくわけがなかった気がするのである。土は生きて息をしているがアスファルトには生命がないのである。そして空気も太陽光も水も、言葉、風習、食べ物も違ったのである。酸素室みたいな森の中で育ったぼくの体調が崩れるのは当然のことなのだった。

かつて父が福島県へ送ったジャガイモと、山奥から大都会へ出て行ったぼくはまったく同じ状態だったのである。

東京に九年近くいて、ぼくは北海道へ帰った。すると二カ月後、頭痛も鼻づまりも微熱も消え、以前、北海道にいたときと同じ健康な体に戻ったのである。

さまざまな先生

ぼくが山村の滝上《たきのうえ》の小学校へ入学して最初に習ったことは、学校裏の林に防空壕を掘る作業であった。まだ太平洋戦争の最中で、村の農家の人も学校の先生も男は次々と戦場へ駆り出されて行った。

防空壕は地面に直径一メートル、深さ一メートルほどの穴を掘り、敵の飛行機が爆弾を落としてきたとき、その穴に入って身を守るというものだった。教室ではまず教育勅語《ちよくご》とかいうものを暗記させられたが、七歳の洟《はな》垂れ小僧のぼくにはちんぷんかんぷんであった。

国語の教科書は四ページしかない紙切れだった。国に教科書を作る紙がないので、ぼくらはその四ページの文を一年間、毎日毎日、読み返し、雑記帳に書き写した。算数や社会の教科書もなく、先生がガリ版で刷った紙を一枚くれ、九九《くく》とか足し算、引き算を習った。こういう授業でぼくのテスト問題を解く能力が向上するわけはなかったが、平気だった。父母にくっついて畑で食べ物を作っていれば生きていけることがわかっていたからだった。

畑を持たない都会の人は計算なんかをおぼえ、食べ物を手に入れるためにおカネを稼《かせ》がなければならないのは可哀想《かわいそう》だと思った。

ぼくが習った先生は、みな教えることに一生懸命だったが、ぼくは授業以外のことに熱心な先生のほうが楽しかった。小学一年のときの校長先生はやたらに英語を使い、教室に入れというとき「カムイン」、急げは「ハリアップ」と叫んだ。来いを「カムヒヤ」、立てを「スタンダップ」、走らせるとき「ゲッセット、レッツゴー」と怒鳴るのであった。言葉の意味はわからなかったが面白かった。

この校長先生は外での作業に力を入れた。花壇づくり、人糞を汲ませて畑にまき、カボチャ、ジャガイモ植えをさせた。秋には教室で焚《た》く薪《たきぎ》集めをさせ、自分が飼っている牡豚《おすぶた》を去勢するところをぼくらに見学させた。まったくぼくは本物の教育を受けたのだった。

太平洋戦争はぼくが小学二年のとき終わったが、先生も不足した。村の農家から旭川の会社員へ嫁に行っていた女性が春先、夫と村へ里帰りしたとき、学校が旅行中のその夫に一カ月でいいからと頼み込んで、ぼくら生徒は勉強を教えてもらった。その人が言った、人生とは今日一日のことである、という言葉を、意味はわからないが本当だべかと思った。

小学三年のとき二十歳くらいの面皰《にきび》だらけの男の先生が赴任してきた。ある日の放課後、この先生はぼくら十四人の三年生に、夜の六時に幻灯機を見せるから三十円持ってこいと言った。当時の物価は納豆一個五円、ビール大瓶が五十九円、理髪代十円だったが、幻灯代の三十円が高いのかどうかぼくにはわからなかった。

夜、先生が自炊しているボロな木造住宅へ集まり、畳の部屋に正座して先生が操作する玩具《おもちゃ》みたいな幻灯機での映写を見た。白い障子に映る童話らしい薄ぼんやりした動かない十枚ほどの絵であった。何がなんだかわからなかった。

間もなくその先生は詐欺《さぎ》罪とかで学校をクビになり、どこかへ行ってしまった。幻灯機の代金を市街の商店に払ってないということだった。サギの意味はわからなかったが、ぼくはその先生を気の毒に思った。幻灯機の絵は面白くなかったが、先生がいなくなるのは淋しかった。

小学六年のとき二十歳くらいの男の先生が赴任してきた。背が高くて眼光が鋭く、ぼくらは何ということもなくびくびくした。この先生はすぐ野球チームをつくり、ぼくは背が高いという理由で一塁手に、捕手は尻がでかくて脚が短い者が選ばれた。

この先生は「農業」を教えたが、いつも教科書を棒読みした。途中、しょっちゅうつっかかってクラスの比較的に勉強のできる生徒に「君、この先を読め」と指名した。先生はほとんどの漢字を読めないのであった。その漢字を生徒が読むと、先生が次を読むのであった。

間もなく聞いた噂《うわさ》で、この先生は二年前、海辺の街の高校生だったとき煙草《たばこ》を吸ったりの不良行為で退学になったというものだった。不良でも退学でも、ぼくらに教えてくれるのだから、ありがたかった。

この先生の時間、ぼくはいつ自分が難しい漢字を読まされるか心配で、必ず前日に家で辞典をめくって教科書を読めるように予習をした。こうしてぼくらは、先生の教え方がかんばしくないときの対処法を考え出す知恵を得ることができたのであった。すばらしい退学先生であった。しかし、この先生も一年たらずでいなくなってしまった。

このようにぼくが習った先生は一般的な評価はわからないが、ぼくにとっては立派な方々であった。この先生たちのおかげで、学校で知識でなく生きる力を学ぶことができたからである。にもかかわらずぼくが立身出世できなかったのは、生まれつき賢さが欠けていたか努力が足らなかったからで、先生には何の問題もない。

勉強机

先日、ある中学校で生徒に「なぜ勉強をするか」という、厄介な題で話し、終わりに「勉強よりも大切なものがあるということを知るために勉強するのである」と、わかったようなわからないような結論を言って終えたが、もしうまく伝えられなかったとしても、やがて彼らが自分で探し当てるだろう。そのあと先生にお願いして教室を見せていただいた。机を見たかったのである。

中学一年生が使う椅子に座ってみて、ゆったりした作りのうえ材質もよく、塗りの黄土色も美しいのに感心した。ぼくが短足だとはいえ膝《ひざ》もつかえず、やはり最近の背が高くて脚の長い中学生の体に合わせているようであった。それでつい、ぼくの子供のころの机を思い出した。

七十年以上前の第二次世界大戦で敗けた直後の何も物がなかったときと、物があふれているいまを比較するわけにはいかないが、ぼくは長いこと机と縁《えん》がなかった。

入学した村の小学校には教室が二つしかなかったから、ぼくら一年生と二年、三年を合わせた四十人を一つの教室で一人の先生が教えた。四年、五年、六年生も一つの教室で一人の先生が国語から算数まで何もかも教えた。先生が校長先生を含めて三人しかいないので仕方なかった。

このありさまでぼくが勉強のできる子になるはずがなかったが、勉強の時間が短くて嬉しかった。なにしろぼくらの国語の教科書というのが表紙も何もない四ページきりの紙切れで、そこに何かの文が印刷されているだけのものだった。その四ページの紙切れの文を一年じゅう繰り返し読んだり書き写したりするだけである。

それに学校での一日は教室に二時間ほどいるだけで、あとは外へ出てグラウンドの草むしりや花壇の手入れ、山へ薪を取りに行ったり校舎裏の畑へカボチャの種をまいたり、ジャガイモ畑の草取りをして三時間ほど過ごすのである。

これでぼくが試験問題を解く能力の高くなる人間になる道理はなかったが、勉強が嫌いなぼくにとって勉強をしなくていい学校は本当に楽しいところであった。

小学校の机は木製のぼろで、横長の一つの机に二人が並んで使った。蓋《ふた》になっている上面の板を持ち上げると中が本や帳面を入れる箱になっている。この板の蓋が割れて上で字が書けなくなったことがあり、ぼくはしばらく机の下の床に腹這いになって勉強したが、とても楽しかった。

ぼくは家へ帰っても勉強部屋や机はなく、宿題をするのも本を読むのもすべて七人の家族がいる茶の間の隅《すみ》に腹這いになってだった。自分用の机がほしいと思ったが、そんなことは夢のまた夢であった。村に電気がきていないため、夜の明かりは茶の間の天井にぶら下がっている石油ランプ一つきりなので字を読んだり書いたりできず、冬などぼくは夕食がすむとすぐ六時には蒲団《ふとん》に入って寝てしまった。それで毎日、十一時間は眠った。

小学四年のとき父に縦が三十センチ、横二十センチほどの木のミカン箱をもらい、茶の間の隅に置いて机に使った。このミカン箱で勉強しているときたまに父と母が大喧嘩をし、父が母に茶碗をぶつけたり出刃包丁を持って追いかけ回すので、ぼくは勉強どころではなく父の脚にしがみつき「父ちゃんやめて、父ちゃんやめて」と泣いたのだった。

中学一年になると痛切に勉強机がほしいと思ったが親には言えなかった。相変わらず家族七人がいる茶の間の隅に置いたミカン箱を机にした。

村の中学校は小学校の横に馬小屋みたいな小さなぼろ小屋をくっつけたもので、十畳間くらいの一つの教室に中学二年生と三年生の合わせて二十人ほどが勉強していた。二人の先生は小学校と掛けもちであった。

そしてぼくら十五人の中学一年生の勉強する教室がないのだった。ぼくが勉強しなくていいと喜んだのも束《つか》の間であった。なんと校長先生が自分ら家族が住んでいる校長住宅の茶の間を教室にしたのである。学校の裏にある一戸建ての校長住宅には、奥さんと中学上級生の二人の子供や猫もいるのにである。

ところが校長住宅の茶の間には正座して使う飯台《はんだい》が一つあるだけで、そこに六人ほど座るとあとは勉強する台がなく、ぼくらは出窓に座ったり、突っ立ったまま火を消した薪《まき》ストーブや金魚鉢の上へアイロン台を載せたのを机にした。残った七、八人は板の床へ腹這いになって教科書を開いた。

ただ困ったことは、ときおり台所からライスカレーのにおいとかトウキビを茹《ゆ》でるにおいがしてくることであった。奥さんが家族の食事の用意をしているらしいのだったが、腹がすいているぼくらにしてみれば勉強どころでなかった。

床に腹這いになって勉強するときほとんどの生徒が眠ってしまったが、校長先生は起こさずに眠らせておいてくれた。だから六十五年たったいまでもぼくは、学校で家での手伝いの疲れをとるため眠ったり、校舎裏の畑に野菜を作るため肥桶《こえおけ》をかついだり、冬に校舎の屋根に上がって雪おろしをしたのが勉強だったと思っている。

ぼくの場合だが、机を使わなかったことのほうが勉強になった気がするのである。

まぐれ

ぼくが入学した山奥の中学校は小学校の隅に一教室あるだけだった。その一室に中学一年、二年、三年の合計四十人が入り、二人の先生が全教科を教えた。もちろん先生は先に卒業してゆく三年生に多くの時間を使うから、ぼくら十五人の一年生はほとんど自習だった。

だが自習しろと言われても教科書を二ページしか習っていないため、何を自習していいかわからない。それでぼくら一年生は机に顔を伏せて眠ってばかりいた。一年生が寝るとうるさくないので先生は機嫌《きげん》よかった。ぼくら一年生は毎日、学校へ行って眠り、弁当を食べて帰ってきた。本当に楽しかった。

ぼくは教室で眠くない時間、窓の外の風景を見て過ごした。春、農家の人が馬で畑起こしをし、麦やジャガイモを植える姿を見、夏は山の緑が丸く太ってゆく光景を眺めた。空をヒバリやトビやカケス、蝶やセキレイが飛ぶのを見ていた。

秋には白い雲の浮いた青空の下で、黄金色に実った小麦やソバを収穫する農家の人の働く姿。冬は吹雪が白い闇《やみ》になって山や空や村の家々を消す激しい光景を窓ガラス越しに見ていたのである。

中学一年が終わる二月末になっても、ぼくの教科書はどれも五ページほどしか進んでいなかった。こうしてぼくは試験問題を解く能力は育たなかったが、たっぷり眠って自然の風景をたくさん見たことで健康だった。

ある日、勉強のできる同級生の男が、二年生から滝上《たきのうえ》中学校へ転校すると言った。町で一番大きい生徒数六百人の中学であった。誰かが「俺《おれ》も行く」と言ったが、ぼくは村の学校でいいと思った。中学を卒業したら父や兄と農業をするか、あるいは大雪山の山奥へ丸太の切り出し作業の出稼ぎに行くつもりでいたからだ。次の日、学校へ行くと五人の同級生が滝上中学校へ転校することにしたと聞いて、僕は気が動転した。そんなら俺も行きたいと思った。

家へ帰って転校したいと言うと父は「なんでだ」と聞いた。「みんなが行くから」とこたえると父は「みんなが死んだら死ぬのか」と言い、ぼくは何も言えなくなった。ほんとに、みんなが行くから行きたいだけだった。

けっきょく歩いて通うことで父は転校を認めてくれた。バスもなく、うちに一台あるぼろ自転車も父が農協の仕事に使うため、歩くしかなかった。家から街の中学校まで往復三十四キロあったが、そんなものたいしたことなかった。

四月、転校して最初の登校日、ぼくはC組に入った。二年生はABCDの四クラスもあり、ぼくは怯《おび》えと緊張で縮《ちぢ》み上がった。ほとんど街の子で農家の子は少しだった。始業はじめの朝のホームルームのとき、女の先生がみんなに転校生のぼくを紹介し、ぼくは震えながら挨拶した。

そのあと先生が「今日は始業日なので分数の問題を十問出します。できた者から帰ってよろしい」と言った。

ぼくは先生の言ったブンスーが何のことかわからず頭が混乱した。村の学校でそんなものは習わなかったし、なにしろ算数の教科書も五ページしか進んでいなかったのだ。

これは大変なことになったと思い、やっぱり転校してくるんでなかったと後悔したが、もう手遅れだった。ただブンスーという言葉はどこかで聞いたことがある気もしたが、それも曖昧《あいまい》だった。

間もなく紙に、ガリ版で刷ったブンスーというものの問題が配られてきた。紙片を見て、おっ、と思った。見たことがあり、これをブンスーちゅうのか、と思う。横線の上と下に数字を書いたのが二つ横に並び、その真ん中に＋《プラス》とか－《マイナス》の記号が置かれてあるものだ。

一問めをやってみると解ける。村の学校では習わなかったのに次のもできた。十問を終えて顔を上げると、まだ誰も用紙を先生に提出した生徒はいなかった。よし出そうと思うと、いきなり心臓の鼓動が激しくなり息をするのが苦しかった。やめようと迷いながらも、ぼくは息を詰めて立った。生徒がいっせいにこっちを見るのがわかったが、懸命に教卓にいる先生へ向かって歩いた。

答えは全部合っていた。しかし席へ戻ると急に後悔に襲われた。みんなが俺のことを、田舎出の転校生が先生によく思われようとイイカッコして馬鹿みたい、と嘲笑《あざわら》っているような気がしたのだ。やっぱり一番先になんか出すべきではなかったのだ。

少し冷静になると習ってもいない問題が解けた理由がわかった。村の学校で先生が同じ教室の三年生や二年生に教えていたのを、退屈しのぎに見ていたのだ。それだけのことで、つまりいままできたのは単なるまぐれなのだった。

次の日から英語や理科などの授業中、ぼくは先生に質問されたり黒板へ出て書けと言われたが、すべてできなかった。わからなかったのである。

たまたま一つだけわかったことがあったくらいで調子に乗ってしまったのが、間違いだった。まったく実力もない者が目立ちたがると、ろくなことにならないのであった。問題はそのことでない。懲《こ》りもせず、その後も目立とうとする癖《くせ》が長いあいだ抜けなかったことが情けない。

わが手職

昨年夏の日曜、妻と散歩中、ときどき寄る古道具屋をのぞくと、親子らしい三十代半ばに見える女性と小学二、三年くらいの男の子が、われわれが昔、使っていたダイヤル式の黒い電話器のところで笑い声をたてていた。

男の子が電話器の丸い数字盤の穴に人差し指を突っ込み、円盤に沿って右へ回している。男の子は止めがねまで回したところで母親を見て「おかあさん、あとどうするの？」と聞き、母親が「そこで指をはなすの！」と言う。ところが男の子が「指、動かない！」と言い、母親が「何を言ってるの！」と叫ぶ。

ようするに男の子は、止めがねまで回したダイヤルの穴から素早く指先を抜くという行為ができないようなのだった。これには驚いたが、だから何だと言われれば、それまでである。

考えてみれば最近の電話器は平面の盤上に並んでいる番号を指先で軽く押すだけでいい

のだから、指先での回す、つまむ、捩《ねじ》る、絞《しぼ》るが不得手《ふえて》でも何の問題もないわけである。

昨年秋の日曜、妻と近くの公園を散歩していると、木の下で小学一、二年と思える男の子が二人、手に持ったピンポン玉くらいの緑色の物を、しきりに齧《かじ》っているのが見えた。近づいてみると、まだ青い菓子胡桃《かしぐるみ》の実を皮の上から齧ろうとしているのだった。硬くて歯がたたないらしく間もなく実を捨て、噛み取った青い皮屑《かわくず》をペッペッと吐き出した。ぼくが何してるのと聞くと男の子は「クルミ、食べれるっていうから」と言った。

驚いた。妻が、これはまだ未熟で、あと三週間もすると皮が黒くなって木から自然に落ちる、すると簡単に皮がむけて中の硬い殻《から》が出るから、それを金槌《かなづち》か石で割って中の実を食べるといいと説明する。話し終わると子供らは「なんだ」と言って走って行ってしまった。妻が、金槌というものの説明もしたほうがよかったかしら、と言う。

しかし子供らがクルミの食べ方を知らないから何だ、と言われればそれまでである。クルミなんか実にして売っている。ぼくみたいな昔者《むかしもの》が、都会の機械文明の中で生きているいまの子供について何ごとかの感想を言えるわけはない。

ぼくが七歳のとき、山奥の貧乏農家だったうちには電気がきておらず家族七人、石油ランプの生活だった。石油がもったいないからと冬の夜、ぼくら子供は六時半には寝た。夏でも八時に蒲団へ入った。ラジオ、テレビ、電話はもちろん何の電気製品もなく、煮炊《にた》き暖房は薪《まき》ストーブ、水は手押しポンプで地下水を汲み上げたが不便とは思わなかった。便利を知らない者には不便の認識がないのかもしれない。これでぼくが賢くなるわけがない。ぼくみたいに氏《うじ》、家柄《いえがら》、育ちのすべてに誇りに思う材料がないと、子供のころの苦労を自慢するという情けない癖をもつ。七歳から毎日、茶の間、台所の雑巾《ぞうきん》がけ、一日十本の鋸《のこ》での薪切り、鉞《まさかり》での薪割り。ポンプの水を汲み、バケツで五右衛門風呂へ五十杯の水運び。鶏《にわとり》、豚、綿羊の世話、畑仕事の手伝い、馬の世話、雪はね、飯炊きしたのを自慢に思うのだから、話が小さい。

小学校では学校畑へのカボチャやジャガイモ植え、花壇づくり、運動場の草むしり、教室のストーブで焚く木の枝を山へ取りに行く。校長先生は「手指と道具を器用かつ複雑に使うと頭がよくなり利口になる」とぼくらをおだてたが、利口になるとは狡《ずる》くなることの気がして気持ち悪かった。

小学三年になると学校で針と糸で布を縫う運針《うんしん》を習い、編み物でメリヤス編みやガーター編みを習った。百粒ほどの小豆《あずき》を塗り箸《ばし》の先で一粒ずつ移す作業もさせられた。鉛筆は母が料理に使う包丁で削り、手足の爪は姉が裁縫《さいほう》に使うでっかいタチバサミで切った。竹馬、水鉄砲、独楽《こま》、パッチ、竹とんぼ、橇《そり》、スキー、木のスケート、凧《たこ》、野球グローブを自分で作った。それでおまえ、カネもちになったか、と言われれば、それまでである。貧乏のままだ。

中学二年のとき街で「チン、ジャラジャラ」の音を聞き、パチンコ台を作ろうと思った。はじいた玉が穴に入ったら、十個くらいの玉が出るやつである。ある日、店頭に古い台が並んでいるのを観察、日曜日に作りだした。うちには父が使う道具や板や釘《くぎ》がたくさんあったし、玉をはじくバネは使い古した農具から、玉が入ったときチーンと鳴る音は自転車の壊れたベルを使う。前面にはガラスもはめる。パチンコの玉は兄のいる友達に事情を言い、兄が店へ行ったとき二十個ほどもらってきてほしいと頼むことにする。

そして次の日曜、パチンコ台の試運転で玉をはじく取っ手を持つと胸が躍《おど》った。初めは玉がうまく跳《と》ばなかったが、やがて上へ跳んだ玉が釘の間をはねながら降り、穴へ入った。チーンと音がし、台の下の小皿へ五個の玉が出てきたときは感動した。だから何だと言われれば、それまでである。

中学三年のとき普通高校へ行きたいと言うと父は「駄目だ。生きるためには手職をつけねばいかん」と言った。それで父の命令で苫小牧工業高校の電気科へ入った。しかしぼくは父が期待した電気技師になれず物書きなんかになって申しわけなかったが、自分では、まあまあだと思っている。

昔、パチンコ台を作ったのも、ここ五十年間、万年筆で原稿用紙に文字を書いてきたのも手職だと思うからである。

スズランの記憶

毎年の春、庭に六輪ほどのスズランの花が咲く。

いつからあるのか記憶にないが、白い釣り鐘型の花を見るたびに君影草《きみかげそう》と谷間の姫百合《ひめゆり》という言葉が浮かんでくる。二つともスズランの別の呼び名であるが、ぼくには美しい少女の姿が見えてくるのである。

父の命令で入った苫小牧工業高校は千人以上いる全校生徒の中で女生徒は三人だけだった。電気科のぼくが工業化学科や電気通信科にいるたった三人の女生徒の顔を見るのは、それこそ砂漠でダイヤを見つけるほどむずかしいことで、せいぜい半年に一度くらい遠くからちらっと見るくらいであった。

学校で三人の女生徒を見ることができないと、あとは住んでいる寄宿舎の賄《まかな》いの小母さん一人だけがぼくが見る女性であった。男の生徒ばかり六十八人が暮らす寄宿舎は繁華街から二キロほど離れた畑の中に建っているため、一カ月間、街へ出なければその間ずっと女性は賄いの小母さんだけを見て過ごすわけである。

それで勇気のある寮生は他の高校の女生徒と友達になる者もいたが、田舎者で女友達をつくるのに才能のないぼくは、せいぜい中学時代の同級生の女子に手紙を出すくらいだった。五人ほどの女子に手当たりしだい出した手紙も、返事をくれるのは一人だけだったが感激した。

たまの日曜日、友達に街へ行ってみるべと誘われることがあるがぼくは首をひねる。今川焼き屋と鶴丸《つるまる》百貨店へ女の人を見に行こうという意味なのだが、ぼくはおカネがない。すると友達が察して、「おまえのお焼き一個ぶんぐらい俺が出す」と笑った。

鶴丸百貨店の入り口へ着くと場慣れしている友が先に立ってぼくを振り返り「行くぞ」と言う。ぼくは息を詰めてうなずき彼の後について店内へ入る。友が早足に一階の化粧品やバッグ売り場を歩いて行き、ぼくも小走りについて行く。歩きながら素早く左右の売り場にいる女性の顔を見るのである。東から入って西へ出るまで三分もかからなかった。それだけのことだったが女性を見られて幸せだった。

そのあと今川焼き屋へ行った。市内の女子高生がくると言われる店で、ぼくらはその女子高生を見るために行くのであった。しかしその日、お焼き屋にいたのは三人の男の年寄りで、ぼくらは店へ入るのをやめて帰ってきた。女子高生もいない店へ入っておカネを使うのはもったいなかった。

あるとき、友達に市内の進学校の学校祭に女生徒がたくさんいるからと誘われて出掛けた。しかしその高校の玄関近くに五、六人の相撲部か柔道部らしい、いかつい体をした生徒がいてぼくらを睨《にら》んでいた。それでぼくは「ケチ」と呟いて帰ってきた。

三年生になって間もなくの日曜日で、ぼくは寄宿舎の部屋に寝転び春日八郎の「お富《とみ》さん」や田端義夫の「かえり船」を歌っていた。寮生はみなおカネがないため映画にも行けず買い食いもできず、暇があると歌謡曲を歌うか裏の草むらで相撲をとった。だからぼくは勉強はできなかったが歌は得意で相撲も強かった。

昼近く隣室の同級生がきて「島松《しままつ》へスズラン狩りに行かないか」と言ったがぼくは「汽車賃ない」と言った。島松は苫小牧から汽車で五十分近くかかるところだった。すると友達が「日曜日なんか、おまえ、スズランが見えないくらいたくさんの女子高生がきてるっていうぞ?」と言った。

それを聞いてぼくは即座に「よし行くべ」と立ち上がった。こんなところで歌謡曲なんか歌っている場合ではないと思った。ぼくは寄宿舎内を回って友達から汽車賃を借り、下級生からワイシャツの新しいのと革靴の新しいのを借りた。一足しかないぼくの靴下は穴だらけなので靴下も借りた。髭《ひげ》を剃り、下級生にバリカンで髪を刈ってもらった。

島松の駅は野っ原の中にある小さな建物だった。ぼくは、こんな淋しいところにほんとに女子高生がくるんだべかと思った。友達も少し心配そうな顔つきであった。

駅員に聞くとスズランは三十分ほど歩いたところにあると言われ、ぼくらは勇んで歩きだした。ほかに人の姿は見えなかった。もう午後の二時過ぎで、女子高生たちは先に行っているに違いないと、ぼくは思った。なんたって日曜日にはスズランが見えないほど大勢の女子高生が花を見にくるというのである。

すぐに広々とした畑に出た。高い青空だった。畑の中の細い道を三十分くらい歩くと前方に草原が広がった。そしてそこに、本当に一面、スズランが真っ白い絨毯《じゅうたん》のように広がっていたのだった。

しかしぼくらが目当てにしていた女子高生など一人もいなかった。ぼくはがっくりして草むらへ座り込んだ。スズランが見えないほどの女子高生がきていると言った友達を責める気も起きず、ぼくは大きな溜《た》め息をついた。

緑の山でカッコウが鳴いていた。スズランがむせかえるようににおった。

説教

説教という言葉を聞くと身のすくむ思いがするのは、小さいころから体験した後遺症かもしれない。説教されるとは自分より年齢や地位の高い者に、厳しい態度で教訓じみた注意や小言を聞かされることで、ぼくがこれまで受けた説教の多さははしたな数ではない。

もちろんぼくの未熟さに問題があったわけだが、当時は己《おのれ》の愚かさがわからず、とにかく説教する人のわざと真面目ぶっての、おまえは駄目な人間だから忠告してやるという口ぶりにうんざりした。

まず母親から、言うとおりにしろ口ごたえするなと怒られたのを皮切りに、小学校へ入ると説教の嵐であった。七歳で教育勅語とかいうものを暗記させられたし、昼の弁当どき「ハシトラバ　アメツチ　オンノオンメグミ　キミトオヤノ　オンメグミ」とかいうわけのわからない歌を歌わされたが、山ザルみたいに育って賢さの足りないぼくには意味不明で口ごもり、竹の鞭《むち》で叩かれた。

会社に勤めて説教ずくめの学校から解放されたと喜んだのは早計だった。部長、局長からこれからの心構え、指導、訓辞をじっくり教え込まれたのである。

二十代のころ、どの説教も間違いなくぼくの人格形成に役立つ内容であったとは思うが、道理にかなった正しい理屈を聞かされれば聞かされるほど気分が悪く、ふてくされる気持ちが育ったものだ。思えば経験も判断力も未熟なうえ頭の中がとらえどころのない夢想だらけで、世の中の何ごとについても面白くなくて反発をおぼえる、思慮の浅い時期ではあった。


高校のとき男ばかりの寄宿舎へ入った。六十八人の寮生を監督する舎監は、昼間は学校で授業を教え夜は寮に泊まる。寮へ入って半月目、ぼくら一年生は大部屋へ集められた。舎監が自宅へ帰る日で、上級生による一年生への説教があるという噂は聞いていた。

二十五人の一年生は裸足で板の間へ正座させられ、周囲を二十人近い二年生が立って取り囲み、ぼくらを見おろしていた。正面の一段高い畳敷きの台に五人の三年生があぐらをかいて座り、手に鉄の火かき棒や竹刀《しない》を持っている。

その中の一番体が大きく恐ろしい顔をした生徒がいきなり「こらあ、ことしの一年生、貴様らたるんどるぞお」と喚《わめ》いた。つづいて彼のまわりの者が火ばさみなどで畳や板間を叩き「どこ見とる」「背筋を伸ばせ」「キョロキョロすんな」「おまえら、どんな親に育てられたんだ！」など次々と大声が飛んできて、ぼくらは震え上がった。

まわりの二年生からも「おまえらの部屋や廊下の掃除の仕方、なんだあれ。箒《ほうき》の使い方も雑巾がけも蒲団のたたみ方も全部なっとらん。おまえら親に何を教えてもらったんだ、こらっ」「ことしの一年は平均して態度がでかい。なんだ廊下の歩き方、バタバタバタバタ音たてやがって。みんな部屋で勉強してるんだぞ。おまえらの親の顔が見たいぞ」

物差しやスリッパで床板を叩く音がし、ぼくは恐ろしくて体じゅうが震えた。

「なんだ、おまえらの風呂の入り方。入るとき失礼しますと言っとるか。中に先輩がいたら自分が湯船に入る前に先輩に背中を洗いますというのが常識だろ。湯にタオルを入れるな。水を飛ばすな。使った桶は洗って伏せとけ。出るときは最敬礼して、お先に失礼しますと言うもんだ。おまえらの親が聞いたら情けないって泣くぞ、こらあ」

「おまえら学校へ何しにきたと思っとるんだ。いいか、勉強だけしてればいいと思ったら大間違いだぞ。挨拶、掃除、洗濯、飯炊きが先だ。そんなこともちゃんとできんで、懸命に働いて仕送りしてくれてるご両親に申しわけないと思わんのか。おい、そこの図体《ずうたい》のでかいやつ」と怒鳴った二年生がぼくを見ている気がし、ぼくは恐怖で息がとまった。

「いいか一年生、挨拶はちゃんと立ちどまって両脚をそろえて背筋を伸ばし、腰を九十度に折って大声で言うこと。よその部屋の上級生の同じ人にかりに一日に十回廊下や洗面所で会ったら十回ともしっかり挨拶する、それが常識だ」

バットや竹刀が畳や板を打つ音が重なり、ぼくは恐ろしさで歯がカチカチ鳴った。もう一時間くらいたっていて頭がもうろうとし、倒れそうだった。

やがて正面の体の大きい三年生が「いいか、今日はこれでやめとくけど、おまえら俺ら上級生が優しいからって調子に乗ったら承知せんぞ」と喚き、誰かが「よおし帰れ」と叫んだ。

ぼくは正座している脚がしびれて感覚がなく、腰が抜けたみたいで立てなかった。それで両手を前の板の間へついて立とうとすると腕にも力が入らず、つんのめって床へ転がった。まわりの一年生も同じ状態だった。仕方なくぼくらは四つん這いになり、這って廊下へ出たのであった。

どの説教も、あやふやな生き方しかできないぼくには有益だったと思う。それにしても高校の寮での上級生は、自分らが暴力めいた説教をしているのに、ぼくらに「おまえら、ご両親に申しわけないと思わんのか」と言ったのには驚いた。青春は滑稽《こっけい》で面白い。

いまも見る夢

高校を卒業してから六十一年たったいまなお繰り返し見る夢がある。ぼくは八十歳近いのにまだ苫小牧工業高校を卒業することができず学校に残り、教室の机に座っている場面だ。まわりにいるのは全員、十六、七歳の見知らぬ生徒である。

その夢の中のぼくは寄宿舎にいて、実家からの仕送りが途絶《とだ》えて食費も授業料もＰＴＡ会費も払えず、同級生のみんなが十八歳で卒業して行ったのに、老人のぼくだけが卒業できずにずっと学校に残っているのである。

夢の中のぼくは少し猫背で、白髪頭《しらがあたま》のてっぺんが禿《は》げて地肌が出、眉毛《まゆげ》も真っ白だったのだ。

この光景を一年に一回くらいの間隔で、もう三十回くらいも夢で見つづけてきた。この夢を見たときはいつも、うなされる自分の声で目覚め、全身びっしょり寝汗をかいている。ぼくは暗闇の中に起き上がると蒲団の上にあぐらをかき、長いことうなだれているのである。

ところが最近、この夢がいままでとは少し違う内容になった。老体のぼくが授業を受けに高校の教室へ入って行くと、ぼくの席がないのである。五十人近くの見知らぬ少年がいるところは同じだが、ぼくの座る机と椅子がないのである。教壇で黒板に向かっている先生の後ろ姿も知らない人だ。

ぼくは絶望的な気持ちになって「ぼくの机どうしたんですか?」と聞きたいと思うのに言えない。口から声が出ないのである。そこで、どうしよう、どうしようと思い、何か叫びながら目が覚めるのである。


いったい人間が眠っているとき夢を見るというのは、どういうことなのだろう。いつか読んだ本には、夢は現実の生活において起こりえないようなことを睡眠中に経験する一種の幻覚だと書いてあった。

夢の多くは目覚めているときの刺激の残りとか、体の内側にしるされた高ぶった気持ちの感覚に影響されて起こるというものだった。

しかしぼくの見る夢は思ってもみないことや想像したこともないものばかりで、とくにつらい場面が多く、そういうとき俺の脳味噌おかしいんではないのかと思ってしまう。

また、幻覚は脳の異常によるとも書いてあるから、ぼくは夢の正体である幻覚という言葉にも怯えてしまうのである。

こうした現象もおそらく、ふだんは精神の奥底深くか無意識に沈んでいる願望や不安、恐怖が、かたちを変えて夢になってあらわれてきたということなのかもしれない。

それにしてもぼくは実際には十八歳でなんとか高校を卒業して、どうにかこうにか就職することができたのに、どうして卒業できないで老いぼれになっても学校に残っている夢を見るのかがわからない。

ただちょっぴり思い当たるふしはある。ぼくはこの年になるまでずっと、自分が高校へ行けたことも卒業したこともあまりにも凄《すご》いことで信じられないままきたということであった。

炭焼き小屋《すみや》に生まれて八人家族の貧農に育ち、中学を出たら山奥の丸太切りの出稼ぎに行くはずだったのが、家族のおかげで六人の子供のうちぼく一人だけ高校へ行くことが決まったとき、自分に奇跡が起こったと思った。高校へ行けるなど、まさに奇跡なのだった。

そして汽車で十二時間もかかる遠い高校での三年間、実家の農業が冷害などで仕送りが中断、何度も学校を退学しそうになった。そのたびに二人の兄や姉がおカネを送ってくれたり、寄宿舎の舎監や級友らの励ましや援助によって、やっと卒業式までこぎつけることができたのだった。しかし卒業式の当日、ぼく一人だけ卒業証書をもらえなかった。二カ月間、父からの送金がなく、授業料も生徒会費も未納だったからだ。

同級生が卒業して行ったあと、ぼく一人で寄宿舎に残って父からの送金を待ち、一週間後に卒業証書を手にしたときは嬉しくて少し泣いた。


それから六十一年たったいまも、ときおり母校である苫小牧工業高校の電気科の卒業生名簿を開いて見ることがある。そしてそこに自分の名前が載っているのを見ても信じられないのである。「これ本当だろうか。本当に俺はこんな有名な高校を卒業したのだろうか」と疑いつづけるのである。

八十歳近いいまも、ぼくは自分が高校へ行ったことも卒業したことも、あまりに素晴らしすぎて事実だと思えない。

こうして同じ夢を繰り返し見つづけるということは、おまえは誰のおかげで高校まで行くことができたのか、誰のおかげでここまで生きてくることができたのかをわからせるための、愚かなぼくへの警告なのかもしれない。

馬のいる風景

だいぶ前のこと汽車で道内のある町へ講演に出掛けた。途中、山間《やまあい》の村を通ったとき走る列車の窓から、牧場のはしで一人の老人が二頭の馬に飼《か》い葉《ば》をやっている姿が見えた。たった五、六秒の間だったが、老人の手のひらにのっている飼料を二頭の馬が代わるがわる口を押しつけて食べている光景であった。

牧場が後方に消えたあとも脳裏に馬と老人の姿が残り、それは間もなくぼくの父と父が飼っていた馬に変わった。

ぼくが八歳ごろの冬だった。父は毎日、早朝の三時半ごろ起きて母と二人で食事をしたあと、ペルシュロン種の農耕馬にバチバチという丸太を運ぶ橇《そり》をひかせて出掛けた。外はまだ真っ暗で氷点下三十度と寒かった。

父は山奥へ行ってバチバチに直径一メートル、長さ四メートルほどの丸太を三本ぐらい積み、馬にひかせて二十キロ先にある町の木工場まで運ぶのである。その運び賃をもらって家庭の生活費にするのであった。

朝の四時に家を出て行った父が帰ってくるのは夜の九時近くで、それから父は汗で汚れた馬の体を布でていねいに拭《ふ》いてやり、最後に馬の好物である人参《にんじん》と燕麦《えんばく》を与えていた。

しかしそれらは飼い葉桶《おけ》に入れるのではなく、必ず人参と燕麦を自分の手のひらにのせて馬の口に近づけ、片手で馬の首を撫《な》でながら食べさせるのだった。

七十年前のまだ自動車が少ないときで、北海道の開墾や農業、材木や農作物や物資の運送のほとんどは、三十万頭近くいた馬の力によっていたと聞く。その後、機械化が進むにつれて農家の馬が激減、いまでは数千頭しかいないという。

現在、地球上では十億台くらいの車が走り回って排ガスをまき散らすなど、われわれは千年前の人々が一年間で使ったエネルギーを、たった一日で消費しているそうだ。

それで空気中の二酸化炭素が急増、四十年後には地球の気温が三度も高くなって土の水分が減り、乾燥のため作物の収量が激減すると考えられるのである。

思うに、北海道の開発と生活に使われた馬の力による莫大《ばくだい》なエネルギーの、なんと清潔であったことか。

講演が終わったあと、ぼくは行くときに車窓から見えた牧場へ寄った。久しぶりに農耕馬をそばで見たい気もした。

馬を飼っていたのは八十三歳になるAさんという男性で、六十五年間ずっと馬を使って原始林を開墾、農業をつづけてきたという。

三十年前に奥さんを病気でなくし、Aさん一人で三人の子供を育ててきたが、農業だけでは家族四人が生活できないため開拓した畑を少しずつ売って食べてきたという。しかしいまは二人の娘も嫁いで息子も独立して街で働き、Aさんは一人暮らしだった。

現在、自分が食べる小さな畑を作っているので馬は必要ないが、ただ馬が好きだから七頭飼っているという。Aさんが牧場の遠くにいる二頭に向かって「ポーポー、ポーポー」と呼ぶ。この呼び方はぼくの父や兄も同じで、ぼくもまた子供のころ、うちの馬をこう呼ぶと、そばへきたものだ。

二頭の馬が小走りにきてAさんが差し出す手のひらの上の飼い葉を食べはじめる。二歳にしては体が大きいからブルトン種かもしれなかった。

Aさんは「馬は七歳を過ぎると人間の言葉がわかるようになるんだよ。自分が飼われてる家族はみんなわかってて、体をすり寄せてくるし、うちの子供が尻尾や乳房にさわっても知らんぷりしてるけど、よその人がそんなことしたら歯を剝《む》いたり嚙みついたりするからな」と笑う。

「馬はもちろん声でだけど、六種類の言葉を使うんだよ。食べ物がほしいときの声、自分の子供を呼ぶときの声、何かで困ってるとき飼い主がきてくれて喜ぶときの声とか。よくわかるんだよ」と言った。

Aさんが街の酒場で酒を飲んで酔っぱらい、帰る途中、馬から落ちて道路にひっくりかえってると馬がそばへきて鼻づらで背中を突っついて揺り起こしてくれるという。

Aさんが二頭の馬の首を撫でながら、しんみりと言う。

「ずっと前、生活に困ってしまって、いい馬だったけど仕方なく売ったんだ。気が強くてよく働くやつだったけど、売り主に渡すとき馬の首を抱いて『俺、食えなくなったから売るぞ、許せよな。俺が悪いんだから嚙みつけ』って言って腕を出したら、その馬、本当に嚙みついてきたんだ。俺の体なんか嚙んだことない馬なのに。驚いたなあ。だけどそいつ、痛くないように、やわらかく嚙むんだ。あの馬を売ったときはつらかったなあ」

Aさんの言葉が終わらないうちに、ぼくは顔を伏せた。胸が詰まって痛かった。

ぼくもまた十四歳のとき、うちで生まれてぼくの遊び友達だったアオという馬を売ったおカネで高校へ行くことができ、その後の人生が開けたのだった。六十五年たったいまもなお、ぼくは売られて行くアオの後ろ姿を忘れない。

薬好き

ぼくは薬が好きである。飲むのではない。持っているだけで心が安らぐのである。不学なぼくは、薬という字は草カンムリに楽しいと書くから身体にいいものと思っていた。ところが辞典で薬を引くと、たしかに病気をなおす草のことと書いてあるが、さらに心身を害するものという意味もあると書いてあって驚いた。薬好きのぼくとしてはなんとも複雑な気分である。

ぼくは十五歳で歯医者にかかるまで病院というものに行ったことがない。真冬に氷点下三十度になる山奥で育ったが、ほとんど病気をしなかった。たまに風邪を引いても母にミミズを急須《きゆうす》で煎《せん》じた汁を飲まされてなおったし、下痢も干してあるゲンノショウコを煎じて飲むとなおった、気がした。

うちの家族はみな庭先のオオバコを咳《せ》きどめや熱冷ましに飲み、たいがいの病気のときハコベやドクダミを飲んだ。それでなおったのかどうかは知らない。

当時、一年に一回、秋に中年男の薬売りがきた。大きな風呂敷きに包んだ薬箱を背負ってきて広げ、講釈を言いながらいろいろな薬を小さな薬箱に入れて置いて行った。男は次の年の秋、うちの家族が一年間に使った薬の代金を集金にきた。

この小さい薬箱の中に高さ三センチほどのガラスの小瓶に入った神薬《しんやく》という名の薬があった。煮詰めた水飴《みずあめ》みたいにどろりとし、苦くて甘くて薬くさい複雑な味だった。薬売りはこれを、不思議な効能があって不老長寿の薬とも言われると話した。うちでは神薬を人間の頭痛、胃痛、腹痛はもとより、馬や綿羊の腹痛にまで使っていた。

いつかぼくの虫歯が痛んだとき父は神薬を歯の虫食い穴に流し込んだ。すると虫歯はいままで以上に激しく痛みだし、ぼくが「痛い」と言うと父は「痛いはずがない」と怒るのであった。子供のぼくにだって、あんな甘いものが虫歯にいいわけがないと思ったが、ぼくは黙って泣くだけだった。ともかく神の薬と書く神薬は、いやな記憶として長いことぼくの中に残った。

薬箱の中の六神丸《ろくしんがん》についても薬売りは、熊胆《くまのい》と牛黄《ごおう》と朝鮮人参などを混ぜた痛みどめだと言っていたが、ぼくには意味不明だった。ケロリン、アンマコ、ジツボサン、ジンタン、セイロガンの薬くさいにおいが好きだった。

そのころ母や兄などの体の具合が悪くなると父が何かの治療をしていた。父は尋常《じんじょう》小学校も四年しか行っていないし、もちろん医の心得などまったくない男だったが、自宅の馬や綿羊が病気になると獣医など呼ばず自分で手当てをしていた。父はどこで手に入れてきたものか、いろいろな注射器や消毒液などをそろえていた。

いつか兄が高い熱を出したとき父が妙な薬を飲ませると三十歳になる兄が不安そうに「おやじ大丈夫か」と言うと父は「馬が飲んで大丈夫なんだから人間だって大丈夫だ」と笑った。

ぼくが十三歳で盲腸炎になったときも父はどこからかペニシリンとかいうものを持ってきて、ぼくの尻に注射した。十本ほどうって散らしてしまった。山奥で家族を守る貧しい家長にとって、薬事法や医師免許など問題でなかったのだろう。

ぼくは十四歳で街の中学へ転校、実家を出て市街の親戚の家へ居候《いそうろう》させてもらった。そのとき親から持たされた風邪と腹の薬と毛糸の腹巻きは、その後、高校での寄宿舎へも持って行き、それで薬を持つ癖がついたが、ほとんど飲んだことはない。

それから六十年たち、ぼくの薬への気くばりと手まわしは、さらに周到になった。旅先で熱を出して寝込んだら大事《おおごと》だ、腹をこわしたら大変だという取り越し苦労が増大してきたからである。

病院から出された総合感冒薬、抗生剤、解熱剤《げねつざい》、下痢どめ、整腸剤などを三等分して服のポケット、バッグ、トランクなどへ分散、講演や国内旅行、海外旅行に持参する。

だが実際には旅先であまり薬を使わないし、使う必要を感じたこともそれほどない。ただ持っていないと不安なのだ。言い方を変えるとぼくは、いいことかどうかわからないが、薬の効能を信じきっていることになるわけである。

からだがだるく、くしゃみが三、四回つづくと風邪かもしれないと熱を計ってみるが熱はない。一応は安心するが念のため総合感冒薬を飲んでおこうかなと思いはじめる。このあたりからぼくは、自分が精神面において薬に頼るという重い病気の状態にあるのではないかという疑惑にまといつかれる。それで辞典で病気を引いてみると「人間のなおりにくい欠点や悪癖の意味にも使われる」と書いてあって納得した。わかっている。

三十年近く前、書くのに疲れて自律神経がやられそうだと感じたとき、親しい医者に何か精神安定剤みたいなものでもくれと言うと、白い粉薬《こなぐすり》をくれた。その薬を持つとすぐ病気がなおってしまった。一回も飲まなかった。

何年か後その医者に会うと「あの薬は、ただの澱粉粉《でんぷんこ》よ」と笑った。しかしぼくは驚かなかった。自分が薬をあまり飲まない薬依存症だということぐらい、とっくの昔にわかっていた。何の問題もない。

父の手紙

ぼくは手紙が好きである。書くのがではない。もらうのが嬉しいのである。身勝手な話だが実感である。しかしもらいたい以上はこっちからも出さなければならないから困る。というのは、ぼくは字が生まれつき下手だから閉口《へいこう》するのである。

悪筆で苦労したのが高校生のころの女友達への手紙だ。工業高校であるぼくの学校には女生徒が三人しかいないため、ぼくはよその高校の女生徒に手紙を出した。手紙の文は一度作っておけば何人へでも同じものでよかったが、問題は下手な字である。だがぼくは頑張った。学校の勉強そっちのけで一晩に十回も書き直し、うまく書けた字のを送った。しかし八人の女学生へ出した手紙の返事がきたのは一人だけだから、後の七人はぼくの字のあまりの下手さに驚いて返事を書く気にならなかったのだと思う。

物書きになってからは上手な字を諦《あきら》め、友人や読者からの手紙にはできるだけ返事を出してきた。もらった手紙もだいたいはとっておき、ここ四十五年間にいただいた四万五千通ほどのうち、とくに自筆のものは大切に保管してある。

ぼくは電子計算機などになじめない。賢さが不足する自分の能力以上の才力をつくる機能が怖《こわ》い。自宅には固定電話一台あるだけでワープロも携帯電話もインターネットもスマホとかいうものなど何一つない。必要としないし持つのが恐ろしい。ぼくは、でたらめで軽薄で意思の弱い人間だから、そういう優秀な機能を持つと、それを頼って脳味噌をやられ、その魔力から抜け出せなくなり、思考、判断、批判力を喪失《そうしつ》、五感のはたらきも自分そのものまでも見失い、依存症、デジタル認知症になるのがはっきりしているからだ。怠《なま》け者のぼくはこれまでも数多くの便利さを手にしてきて考える力が激減、愚か者になってしまった。恐ろしい。本当に恐ろしい。ぼくは電話をかけるのが怖い。相手が仕事中か来客中か食事中か入浴中か眠っている時間かと思うと、とても気の毒で電話をかけられない。手紙は受け取った人が好きなときに読むことができるし、何度も読み返せてありがたい。ぼくが電話をかけるのは一カ月に三回か四回くらいだけだ。タクシーを呼ぶときなどで、あとはほとんど手紙にする。手紙は心の音沙汰《おとさた》だと、ぼくは思っている。

必要があって手紙入れ箱を探していたら父からの手紙が出てきた。ぼくが十三歳で街の中学へ転校して実家を出て以来、再び一緒に暮らすことのなかった父が、八十六歳で死ぬまでの間にぼくにくれたたった一通の手紙である。

父は一九〇五年、福島県喜多方に生まれ六歳で尋常小学校へ入学したが、その後父親の死亡などもあって小学を中退、学校へは十歳までしか行っていない。十六歳で四つ年上の女性と結婚、夫婦で北海道へ出稼ぎにきて炭焼きや農業をして六人の子供を育てる。貧乏ゆえ帰郷を断念、北海道へ永住。

父の手紙の宛先は東京都三鷹市井《い》の頭《かしら》のアパートのぼく。差出人・父の住所は札幌市白石町南郷通だから、滝上《たきのうえ》から離農し札幌で賃貸アパートをはじめて六年目だ。手紙の切手は十五円で消印は昭和四十三年十二月三十日、いまから五十二年前でぼくが三十一歳、北海道新聞の東京支社に勤めていたときだ。じつはそのころぼくは父母に無断でいまの妻と同居、入籍はしたが結婚式もあげず、父母には手紙で「ある女性と一緒になった」と伝えただけだった。次のが六十三歳だった父からきた手紙である。


「皆様わ其の後元氣でしか、私等家内も元氣で暮し居ります、昭和四十三年の歳も今少しと成りましたが貴方、方も四十三年の歳わ如何で御座いました、私等もあまり好い年とわ思われませんでしたよ、先日わ、お姉様よりバーサンに多大の金を送て下され厚くお禮申し上げます、バーサンも喜ろこんで居ります、博よりも珍らしい漬物を送って下され此又お禮を申し上げます、お正月とも成れば寒さがひどく成る事と思いましから充分禮《カラダ》に氣を付けて暮らしよう祈て居ります又お正月にわお前方も二人で札幌に來て親兄に顔を見せるよう、繁雄兄貴も今年九月から札幌に出て運轉手を致して居りましから一度札幌にも二人で來て話合って見るように、喜恵子も今年七月に嫁入しました其の人にも一度合って見ても好いと思いましから、其のような事でしからお正月中に一度必じ來札しるよう願へます、それなら好い歳を向へるよう祈ります。

父より　母より」

博へ

文中のお姉様《ねえさま》は、ぼくの妻。バーサンは自分の妻でぼくの母。ぼくの妻が小遣《こづかい》と野沢菜《のざわな》を送ったようだ。この手紙を年の暮れも押し詰まった十二月三十日に出したということは、たぶん口うるさい母に「父親が手ぬるいから、ろくでもない息子になっちまって、何とかしろ」と愚痴られ、仕方なく書いたものに違いない。父に申しわけないことをした。「體《からだ》に気を付けて暮らせ」の體の字が書けず、禮《れい》に「カラダ」と振りがなをつけてあるのを見て、ぼくは息をのんだ。小学四年までしか学校へ行っていない父の、愚かな息子をたしなめる手紙の優しさに、ぼくは言葉を失う。

四季の音

書斎の窓から見える手稲山《ていねやま》に初雪がくると居間のペチカで薪を焚く。日が落ちて、まわりの風景を闇が隠し、空気が冷えてくるころ、ペチカの中で薪が燃えるパチパチ、パチパチという音を聞いていると、体の奥にあった長年の重苦しい疲れの澱《おり》が流れ出て行って心に安らぎが戻ってくるのを感じるのである。それで、体がおぼえている音色《ねいろ》の記憶がよみがえってくる。

ぼくは小川のせせらぎとかカッコウの鳴く声など、自然が生み出す音が好きだ。時代から遅れているのか無器用なのか、人工的に作り出される音にはなじめないところがある。街路や乗り物や店内にあふれる鼓膜が痛いほどの雑多な音の洪水で考えるというはたらきが起こらず、自分が抜《ぬ》け作《さく》になってしまうのを感じる。

とくに機械を通して発せられる音には閉口するが、テレビは一日に五分間くらい天気予報しか見ないし、携帯電話もスマホとかいうものもインターネットも持っていないので、神経の疲れは少ない。これは多分に、ぼくが電気もラジオもテレビも電話も、汽車も自動車もない滝上《たきのうえ》の山奥の森の中で生まれ、人の力のみの生活で十四歳まで自然が発する音だけにつつまれて暮らしたことに起因しているように思う。

機械というもののないそこでは、音は人が話す声や薪がストーブの中で燃える音、鉄瓶《てつびん》の湯が沸くシューン、シューンという音を含め、すべて山や樹林、川や大地、空、草、鳥、虫など自然界から生み出される音を聞いて育ったからの気がする。それで人の心のはたきとはまったく逆の、機械の冷酷さに順応しにくい気質になってしまったのだろう。時代の流れについて行けないという欠点をもったことは、仕方がない。

それでも二十三歳から九年間、東京で山も川も草原もない、ヒバリやカエルの声もない、雨が屋根を打つパラパラという音もないところで暮らした間、体と神経がやられてその原因を考える余裕もなかったが、札幌へ戻ってきてから思いめぐらす気持ちが回復、いきなり気づいた。

俺の体は自然によってできている、俺には自然が必要だという認識だった。それで札幌郊外の三方を山に囲まれた山の中腹に住みはじめた。住んで得心《とくしん》がいった。東京にいたときは暦《こよみ》で知っていた季節を、まわりにある自然の景色と自分の体でわかるようになったのである。

雪解け三月、まだ裏の山の樹林のところどころに雪が残っているころ、うちの庭の梅やリンゴの木にゴジュウカラがきてフィフィフィと明るい声で鳴く。ムクドリもきてリャー、リャーと沈んだ声で鳴く。ぼくには明暗どちらの声も春を呼んでいる音色に聞こえる。

畑わきの小道ぞいに残った雪の下で小川の流れるサラサラサラという音も、春は間近だと知らせる囁《ささや》きに聞こえる。そう聞こえるのは長い冬の間、無意識のうちに春を待ちつづけてきたぼくの気持ちの響きだということに気づく。

いままで白かった太陽の光が黄白色になりはじめ、すぐに濃い金色《きんいろ》になって、眼をつぶってしまうほど眩《まぶ》しい。鼠色だった空が青に変わってゆく。

雪の残る庭に小さくあらわれた黒土の表面に黄緑のフクジュソウの蕾《つぼみ》がのぞいている。太陽の光が濃い卵黄色になった昼過ぎ、そばにしゃがんで見ているとフクジュソウはまるで太陽の光を吸っているみたいに、見る間に花開いて金色《こんじき》に輝いたのだった。そのときぼくは、花びらが開く音を聞いたように思った。ぼくは樹木や草花が育ったりする音、雪の降る音、朝靄《あさもや》の流れる音、星がまたたく音、月光が降りそそぐ音、夕暮れる音と、自然界で動くすべてのものが音を出しているように思える。ただ、ぼくにはそれらが聞こえないだけだという気がする。そして聞こえないのは聞こえなくていいからであり、聞こえるのはぼくが生きるうえで聞こえなければならないからだと思うのである。

春うららかの日、川べりを歩くと日の当たっている岸辺の枯れ草の中に、フキノトウが二つ三つ小さな黄緑の頭を出しており、川の中洲にあるネコヤナギの木の芽が、はちきれそうにふくらんでいる。

裏山の小道をのぼると、道ばたに散り落ちて土に還《かえ》りはじめた木の葉の間のあちこちに、エゾエンゴサクの薄紫の小花が咲き乱れていた。ヒトリシズカ、ニリンソウの蕾も開く寸前だ。春は時節ではなく草花が伸びる姿のことだとわかる。

間もなく裏山でウグイスが鳴きだし、初めはケケチキョと、とても下手くそだが、二、三日すると練習のせいかホーホケキョと上手になる。シジュカラがツツピー、ツツピーと鳴き、アオジがチッ、チッと鳴き、カッコウが鳴き、晴れた日にはヒバリが高い空でピーチク、ピーチクと鳴く。ぼくには野鳥たちの美声を言葉にする能力はないが、とにかくカッコウはカッコー、カッコーと鳴いているように聞こえるのである。

夏めいてきて狭い庭にチューリップやスイセン、クロユリやスズラン、オダマキやシャクヤク、ツバキが咲きだす。真紅のボタンが花開くとき、やはり気品ある優雅な音がするように、ぼくは感じる。

まわりを囲む山々が日ごと濃い緑をまとって太りつづけたあと、夏が本気で炎暑と入道雲と村雨《むらさめ》を引き連れて登場する。

晴れ上がった青空に、煮立った水銀の玉が回転するみたいにぎらつく太陽の昼、裏山の樹林へ涼みに行く。炎天に響くミーン、ミーンというセミの声や、キリギリスの舟を漕ぐ櫓《ろ》がきしむみたいなギィーッ、ギィーッという声で、耳から夏が体へしみ込んでくる。

森の桂《かつら》や楓《かえで》、白樺や楢《なら》の中を飛び回ってキョー、キョーと鳴くのはアカゲラだ。モズやヒワの声も聞こえる。ヒヨドリは波形を描いて飛び、ピイッ、ピイッと鳴くから、すぐわかる。ツッピン、ツッピンの声はヒガラ、クイッ、クイッと鳴くのはツグミである。山桜の枝で鳴くヤマバトのデデッポポッポという声は、三歳のときからなじんでいるせいか、意味がわかるような気がする。みな夏の音色。

蒸し暑い夜、近くの溜め池で鳴くカエルのケロケロ、ギャーギャーという声は最初うるさく思うが、すぐなれてきてよく眠れるのは、やはりぼくもカエルと同じ動物だからに違いない。夜半近く、裏山の闇の奥で鳴くヨタカのキョッ、キョッという声で思い出した。

高校二年の夏休み、実家から離れた都市の寄宿舎から親元へ帰省した夜、家族の前で母に「もうカネ送れん、学校やめてくれ」と言われた。狭い畑でとれる作物では家族が食べてゆくのがやっとで、ぼくへの仕送りは近所の家からの借金だということだった。ぼくはどうしていいかわからず土下座し、とにかく学校をやめたくないと言うしかなかった。母が「わしらは下着も買えずにおまえに送金してきたんだ。わしらに首を吊れって言うのか!!」と怒った。そのとき、妻も二人の子供もいる長兄がぼくに「おまえ学校へ戻れ、俺がなんとかする」と言った。それを聞いてぼくは正気《しょうき》に戻り、学校をやめて農家を手伝おうと思った。

その夜ふけ、ぼくは眠れず、外へ出て前の山へ向かって歩いた。胸が重苦しく痛んだ。前に立ちふさがるみたいにそびえる黒い山で鳴くヨタカのキョッ、キョッという声が、体の芯に沁《し》みた。

しかし家族が仕送りをつづけてくれ、ぼくはなんとか高校を卒業できた。

書斎の机にもたれてのうたた寝から目覚めると、雨粒がトタン屋根を打つポツンポツンという音がしていた。窓の外は夏の暑さがやわらいだ昼下がりの光景だった。

間もなく雨音が豆をまくようなパラパラになり、そのあといきなりザーザーザーとバケツの水をぶちまけたような音に変わって夕立ちになった。ぼくはこの出しぬけに降りだして、すぐにやむ夏の俄《にわ》か雨の音が、とても好きである。なんだか、気持ちの鬱屈《うっくつ》を洗い流してくれるような気がするのである。

夕立ちがやむと突然、近くの琴似《ことに》発寒川《はっさむがわ》に手稲山を背景にした巨大な虹がかかって、息をのむ。どうして虹が七色なのか、なぜ八色や五色でないのか不思議に思うが、とにかく美しい。美し過ぎて、もしかすると虹は夏の仕舞《しま》いが近いことを演ずる幻像かもしれないと思ってしまうくらいだ。

秋は急にくるのではなく夏の中に少しずつ忍び込み、衰弱した夏に代わって活気ある秋が登場するようだ。それは山や空や大地の風景の流れを見ているとわかる。暦ではわからない。

山々の緑がくすみ、赤と黄と橙《だいだい》が広がって紅葉がはじまると、夏は静かに静かに姿を消す。仲秋《ちゅうしゅう》のころになると、西の山にかかる夕陽《ゆうひ》の色が濃い橙になり、山頂の向こうへ沈むとき音をたてるように落ちてゆく。夕陽は美しい。落ちてゆくが侘《わび》しさはない。それはたぶん落日は朝陽《あさひ》の胎児で、朝陽に生まれ変わる序章の輝きだから美しいのだと思う。夕陽が沈んだあとに広がる夕焼けの茜色《あかねいろ》が美しいのも、朝陽の子供の臥所《ふしど》だからである。自然の広大さにくらべ、他人の不幸を喜びに生きる嫉妬まみれの我ら人間は哀しい。

涼しさがきて夜空に満月が浮くと、ぼくは酒の酔いで火照《ほて》った体を冷やしに庭の夜気の中へ出る。黒い闇にある山吹色《やまぶきいろ》の十五夜を見ていると、ぼくはなにやかやで、しこっていた気持ちの滅入《めい》りが跡形《あとかた》もなく消えてしまうのを感じるのである。

時雨《しぐれ》のあと木の葉が散って山をおおっていた紅葉がくすんで色を失い、寂寞《せきばく》とした光景に晩秋を知る。庭で熟したリンゴ、ブドウ、グスベリ、コクワがうまい。

老いた秋、葉が落ちて裸木になった林の小道を行くと、微風がきて乾いた道を一つ二つの枯れ葉が転がるのを見る。そのカラカラカラカラという音で、つい自分と向き合ってしまい、その侘しい音に人生の無常を知るのである。

雪が降る光景は美しい。風がなく、ゆっくりゆっくり雪片が舞い踊るみたいに落ちる姿もいいが、暴風雪がゴオーッ、ゴオーッと山を揺さぶり大地を支配しつつ真横に走る吹雪も美しい。とくに空も山も、地上のすべてを白い闇にして荒れ狂う雪嵐《ゆきあらし》は、ぼくなんかの悩みの小ささを嘲《あざけ》り笑う凄《すさま》じさで爽快だ。

鉛色《なまりいろ》の空が水色に変わって陽の光が黄金になり、小鳥のさえずりが弾《はず》んできて大地が目覚めると、冬がその身を仕舞う。あとに春が音をたてて登場する。春は希望のにおいがする。

生年月日

アラブの城塞跡《じょうさいあと》・カスバを見にアフリカのモロッコへ行ったおり、サハラ砂漠を裸足で歩きたくなってアトラス山脈を越えた。超えてすぐ小さな村の墓地のそばを通った。墓といっても草っ原のあちこちに丸みをおびた直径三十センチほどの自然石を、墓標として置いてあるだけの質素なものである。

驚いたのは石に刻まれているのが死んだ年月日だけで、名前も年齢も生まれ年月日もなく誰が何歳で亡くなったのかまったくわからない。それで、どうして名前がないのかモロッコ人のガイドさんに聞くと、死んでゆく者にとって名前や年齢など何の意味もないのだという。死んで名を遺したがるのは愚か者だけだと言った。それを聞いてぼくは、何がなんだかわからないまま重い衝撃を受けたのだった。

長いこと生きてきてぼくが感じたことは、これまでの自分の名前と生年月日の使用の多さだ。たしかに名前はその人の存在を証明する記号みたいなものだから必要な気もするが、生まれた年月日などたいして重要ではないのではないかという疑念だ。しかし国民一人ひとりを掌握していたい国としては必要なのだろう。

二十歳のときぼくは必要あって戸籍謄本《こせきとうほん》をとった。ところがそこに載っているぼくの家族八人の経歴が面白く、用件そっちのけですみずみまで読んだ。

福島県の喜多方で生まれた父母は父が十六歳、四つ年上の母が二十歳のとき結婚する。すぐ男の子が生まれるが三年後、父母は離婚、母は籍を抜いて子供を連れて実家へ戻る。いろいろあって、その二年後、父母は北海道の足寄《あしよろ》で復縁し、再び籍を入れている。その間に何があったのか知らないし、わかりたくもない。何があっても元の鞘《さや》におさまってくれたからぼくが生まれた。それでいい。

その戸籍謄本を見ていて面白いことに気づいた。ぼくら男三人と女三人の六人の子供の生年月日が、どうも妙《みょう》なのである。

喜多方で生まれた長男が一九二二年六月二十日、父母が北海道へきてから生んだ二男が一九二七年四月二十日生まれ。三人目の長女が生まれたのが一九三〇年十月二十五日、二女が一九三四年一月三十日、次に生まれた三男のぼくが一九三七年四月十五日で、三女である妹が一九四三年二月十日に生まれている。

生年月日を見ただけでは何の変哲もないが、おかしいと思うのは六人とも生まれた日がすべて五で割り切れる数字だからだ。もちろん六人ともが十、十五、二十、二十五、三十の日に生まれても不思議はないわけだが、本当にそんなふうにうまく生まれるものだろうかと、疑い深いぼくは思うのである。

一度、母に話す機会があった。ぼくが三十二歳のときの正月、兄弟が父母の家へ集まって酒盛りをした。父が六十五歳で母が六十九歳、長兄が四十七歳、次兄四十二歳だった。少し酔った次兄が母に「俺よ、四月に生まれたことになってるけど、ほんとは八月ごろ生まれたんでないのか？」と言った。曖昧な笑い顔だった。

「誰がそんなこと言った」と母が憮然《ぶぜん》とした顔つきで次兄を睨む。次兄が生まれ育った村の近所の人の名を言う。

いきなり母が大声で「馬鹿言うんでない。わしはちゃんと計算して生んだんだ」と怒鳴った。

酒に酔った母の大声に次兄は黙って笑うだけだった。ぼくも酔っていたので次兄の尻馬に乗り「だけどさ、俺たち六人みんな五で割り切れる日に生まれたのって、変だべさ」と母に言って笑った。

すると母はさらに声を張り上げ「だから何だって言うんだ。わしはちゃんと計算して生んだんだ。何が言いたいんだ、おまえ」とぼくを睨んだ。

母のもの凄い剣幕《けんまく》にぼくも喋《しゃべ》るのをやめた。ぼくらの言い方が母を責めていることがわかったのだった。ただ母の興奮の度合いからみてやはり操作しなければならない事情があったのだという気はした。それは、その日食べるのがやっとの生活の中、仕方がなかったのだろう。

兄たちの話によるとぼくは四月十五日に生まれたことになっているが、どうも一カ月くらい前の三月に生まれたような気がするという。早生まれだと小学校への入学が一年早くなるため、こいつ頭が悪そうだから入学を一年遅らせたほうがいいと四月十五日生まれにずらしたのではないかという。

どれも兄の推測ではあるが、もしそれが本当だったら賢さが足りないぼくとしては大変ありがたいことだ。

父母が炭焼きをしていた場所は役場のある市街から山越えをして十七キロも山奥へ入った森の中にあった。歩いて出生届を出しに行くのは一日がかりのため、一カ月か二カ月に一度、街へ買い物に行くついでに役場へ寄ったものだろう。それだって早いほうの届け出だ。

実際そのころ近隣の村で、九人いる子供のうち三つ子でもないのに三人が同じ生年月日という話などよくあった。三人まとめて五、六年後に出生届を出したからだろう。どの親も生きるのに精いっぱいだったのだ。

ぼくにしても生年月日が実際に生まれたときと三年や五年、早くや遅くにずれてても、そんなことなんかどうでもいい。生きるうえで何の問題もない。生んでもらえただけで充分。だから何とかかんとか生きてくることができた。それでいい。

Ⅱ　生きるということ

わが家の節約

ぼくは四十歳のころはまだ、自分の行く末を前途というふうなかたちで思っていたが、六十五歳を過ぎたあたりで急に将来というものが消えた。いままで前にあったものが、なくなったのである。代わりに八十歳あたりを想定して逆算、残っている年数を数えて、さてどうするかと考えた。なんとも後ろ向きなものさびしい気分だが、こんな心境になった以上しようがない、残りの時間どう生きるか考えるしかない、と開きなおった感じだ。

まず思い浮かんだのが文を書きつづけること。それも、生まれたから、やみくもに生きてきたけど、生きるって緩《ゆる》くないという文。次にいい本を読むこと。家族や気の合った友人とうまい酒を飲んで、うまい物を食べ、心豊かな話をし、旅をすることとした。正直者がしっかり評価される世の中のために発言、行動はつづけようと思う。この中のうまい食べ物には北海道のメジカやラクヨウキノコ、広島や信州のマツタケも入っているが、それらはその日暮らしの物書きの口にそうそう入るものではないから、一年に一回食べられれば幸運、とする。

なんにせよ、あり余っているおカネがあるわけでもない、その日暮らしがやっとの物書きのぼくが、好きな物を好きなだけ飲んだり食べたり旅したりできるはずはない。しかし書いたり読んだりするおカネぐらいは、なんとかひねり出せる。四百字詰め原稿用紙は五十枚で三百十円と安いし、本の一冊千五百円は、いい本を読むことを人生の重要な一部と考えているぼくにとっては、非常に安い。

ぼくは携帯電話もスマホとかいうものも持っていない。インターネット、ワープロなどの機械はいっさい持っていない。生活するうえで、まったく必要ない。だからそれら機械の経費が、たとえば一カ月に二万円もかかるとすると、それで十冊の単行本と六冊の文庫本が買えると思う種類の人間である。生きるうえで必要なのは、いい仲間といい社会といい食べ物、そしていい本だと考えるからである。

いい考えをもつには、いい体験といい本を読むしかない。それ以外に方法はない、とぼくは思っている。人間は言葉で考える。われわれの思考も思想も主義も言葉である。言葉であらわされる。いい本を読むことで著者の思考を追体験、追思考して自分の思考力を鍛え、批判力、判断力をはぐくむと考えるぼくにとって、本はとてつもなく安いのである。

そのわりにぼくの思慮が貧弱なのは、本の読み方が足りないか脳に難点があるのだろう。

問題は少ない年金とわずかな原稿料で暮らす老夫婦が、どうやって酒と食と小旅行代をやりくりするかだが、手段はきわめて少ない。ぼくには強盗や詐欺《さぎ》の才能もないから、けっきょく生活費から捻出《ねんしゅつ》するしかないが、これがそう簡単ではない。

ありがたいことに妻も、人間は食べなければ死ぬ、食は命、食費だけは削《けず》らないという信念なので話は早い。ではどうするか。酒と食べ物以外を犠牲にするしかないのである。

わが家はここ五十年間、洗濯物を一度もクリーニング店へ出したことがない。背広もダウンコートも掛け蒲団《ぶとん》も毛布も、すべて自宅で洗っている。食べ物も妻は鼠《ねずみ》の額《ひたい》ほどの庭でキュウリ、ナス、ブロッコリー、トマトなど三十種ほどの野菜を作り、料理学校で学んできてピザ、ムサカ、ギョウザなど、ほとんど作る。自動車は三十年たったボロ車、家は築三十数年であちこち雨漏《あまも》りするが住めなくはない。靴は底と踵《かかと》を張り替えてはく。

妻は三十年、服を買ったことがなく自分でミシンで縫うか長野にいる姉にもらったのを着ている。ぼくも五十年間、ワイシャツ類は妻が自分の和服をこわしたのや妻の姉が送ってくれる布で百着ほど縫ってくれたのを着ている。背広は三十年前のを着てる。

冬の暖房も工夫する。家の壁には普通の倍の断熱材を入れ、窓のガラスはペアガラスを二重、つまりガラス四枚にした。居間と書斎は石油ストーブだが、ふんばって居間にロシア式のペチカをつけた。薪《まき》を焚《た》くと積んだレンガの中を煙と熱が通って暖まり、二時間たくとレンガが十時間放熱しつづけ二階まで暖める。問題は薪集めだ。買えば一束、十本で千円以上するから、とても買えない。ぼくと妻はここ三十年間、建築現場を探しては大工さんに頼んで不用の材木をいただいてきた。それをチェンソーで短く切り、太いのは鉞《まさかり》で割り、地下室や家の周囲に積んである。テレビ、洗濯機、ボイラーは修理しつつ二十年以上もたせている。

豪雪地のため除雪機がほしいが買えない。三十年間の冬、毎日毎日、二人でプラスチックのスコップで雪をはねてきた。ぼくの髪は、たまに十分間千円の店で切ってもらうが、ほとんど家で妻に切ってもらう。妻もここ二十年くらいは美容室へ行ったことがなく、髪は家で鏡を見ながら自分で切り自分で白髪《しらが》を染めている。下着や靴下を買うのも夏物は冬の初め、冬物は夏の初めだ。半値で買える。

こうした必死の努力をして、うまい物を食べうまい酒を飲み、海外への貧乏旅行を七十回ほどし、いい本を読んで喜んでいるのである。

貧乏は好きではないが、うまい物を食うのと酒と読書を人生の幸福の大きな要素と考えているぼくらは、自分ではなかなか洗練された生き方をしていると思っている。しかし他人には間抜けに見えるかもしれない。

おしゃれ

ぼくは格式ばったところへ出る以外はだいたい自分の気に入った身なりしかしないから、おしゃれのことはわからない。しかし辞典には気のきいた物を着たり化粧したりすることがおしゃれとあるから、そうなるとぼくにも若いころ思い当たるふしがある。

東京に住んでいた二十四歳ごろ、女性にもてたい一心で服装にいろいろ細工していたのが、おしゃれに該当するみたいだからだ。

あるとき酒場でその店の三十代半ばの女性と話していて、女がどういうとき男にひかれるかという話題になった。彼女が「私の場合、二十歳のとき初めて会った男の人の黒いトックリのセーター姿に参ってしまった」と言うのを聞いて、「よし、それだ」と思った。女性の心のありようの深奥《しんおう》をのぞき見た気がしたのである。

それから間もなくぼくは女性が多いという集まりに、新宿の安売り店で買った黒のトックリセーターを着て出席してみた。ところが、たくさんの女性がいるにもかかわらず、黒のトックリセーターを着たぼくに関心を示す女性が一人もいなかったのには、がっかりした。やはりぼくみたいに太くて短い首の、胴にすぐ頭がのっかったような、コケシ人形みたいな体型の男にはトックリセーターなど何の効果もないことを悟ったのである。

次に実行した作戦はサルトルやガスカール、アップダイクの本を斜め読みし、同人会の集まりなどでそれらの名前や作品名をちらちら出すことであった。しかしこれは知的な女性から逆に軽蔑《けいべつ》される愚策で、ひどい自己嫌悪におちいって中止、あるとき新宿の伊勢丹百貨店をふらついて眼についた赤いベレー帽を買った。

それを頭にのっけて銀座七丁目を歩いていて、松坂屋百貨店の前で築地のほうへ曲がろうとしたとき、向こうから奇妙な格好をした若者が歩いてくるのが見えた。「何だ、あれ」と思っているうちに近づいてきて、なんとそれは百貨店のウインドーガラスに映ったぼく自身の姿であった。

濃紺の背広にネクタイをしての赤いベレー帽は、鳥のキツツキそっくりなのだった。ぼくは重い衝撃を受け、ベレー帽を塵箱《ごみばこ》へ捨てた。

もちろんぼくは女性にもてるには生まれ育ちのよさや学歴、教養や勤め先や収入などが重要な要素であることはわかっていた。わかってはいたが自分にはそれらすべてが欠けているのだから、どうしようもなかった。

それで身につける物や髪型に頼るしかないわけだったが、おカネがなかった。けっきょく相手から見えない下着や靴下への投資は捨てて、他人から見える一番上に着る物だけを目立つよう工夫した。

したがって肌着は何年も着つづけて変色したもので我慢し、背広だけを二着で一万円の安物ではあったが新調し、毎晩しっかり寝押しをした。これは根気を必要としたが当時、女性にもてるためには労はいとわなかった。髪をリーゼントにし、スナックでマティーニを飲んでみたが駄目だった。

だがぼくはめげなかった。俺《おれ》はまだ二十四歳と若いのだ、男の勝負どころはこんなことではないのだと自分を奮起させ、気持ちを立て直したのであった。


そして二十八歳のある日、ぼくは女性にもてるために気取ったり目立とうとしたり人目をひくなどの意欲を失った。ある女性と一緒に暮らしはじめて籍を入れたのである。つまり結婚したのである。

とにかく身なりなんかどうでもよくなり、そんなものに使うおカネと情熱があるなら、酒を飲むか本を買うか同人雑誌を出したいと思った。

しかしてその後、五十年近く、外套《がいとう》・セーター、背広などぼくの着るものは冬用の股引《ももひき》以外すべて妻がそろえてくれている。百枚あるワイシャツは全部、妻が布を調達してきてミシンで縫ってくれたものだし、靴もバッグ類も妻が見立ててくれて助かる。

ただ冬用の股引だけは妻に買わせると薄手《うすで》のものしか探さないので自分で探す。厚い布地のウール七十％、カシミヤ三十％の俗にいうラクダの股引を買うのである。

最近、妻に「年寄りはただでさえきたないと思われるのだから、身ぎれいにしていないといけない」と言われる。それで着たり脱いだりの大嫌いなぼくも仕方なく、汗をかけば一日に五回でも六回でも下着を取り替えるから若いときとは天と地の違いである。

他人にはラクダの股引をはいているとは言わないし、相変わらず表面上は人さまに不快な感じを与えないよう気をつかってはいる。そして周囲から「あいつ、目立たないようなおしゃれをしてるな。なかなかやるな」と思われたい気も少しある。妙な話だが、年齢と関係なく気分はいろいろと変化して面白い。

こうして複雑かつ厄介《やっかい》なうえ、いささか慎《つつし》み深さに欠ける気持ちだとは思うが、一応、後《あと》がない末期高齢期をこの線で乗り切るつもりでいる。

苦い記憶

若いころ、たまにではあるが、ぼくには人によく見られたいという見せかけだけの、いいふりをするというういやらしいところがあった。何の能力もないのに自分の欠点を隠して人に「あいつはなかなかの奴《やつ》だ」と思われたいという気持ちをひそめた、きわめて浅はかな面があった。

それなのに、二十歳過ぎごろ酒に酔い過ぎて人には言えないような、みっともなさが露出した記憶がいくつかある。恐ろしいのは次の日の酔いからさめたときの地獄である。前の夜の泥酔状態で頭がおかしくなっての、人前での醜態が次々と思い出されてきて、ウワッと叫んで頭をかかえ、まったくのところ死んでしまいたくなるのである。

ほかの人は違うと思うが、僕の二十三、四歳ころはまだ未熟で、夢想と現実の境があやふやで幼稚だった。東京の三鷹に住んで勤めながら同人雑誌を出し、小説を書いて毎夜、泥酔していた。なんだかわからないが、自分の中に渦巻く劣等感や曖昧《あいまい》な不安、理由のはっきりしない苛立《いらだ》ちや社会への腹立たしさを持て余していた。

ある日、友人と二人で新橋の烏森《からすもり》の居酒屋でしたたかに飲んでへべれけに酔い、午前零時過ぎに渋谷から井《い》の頭《かしら》線の終電車に乗った。よろけながら車内を歩き、座席はあいていたがぼくらは座らず、部長が何だ、偉そうなこと言うな、カネが何だ、女が何だ、笑わせるな、と声高に呟《つぶや》きつつ歩く。乗客はかかわり合うのを恐れるように眼をそらせているのがわかった。

ぼくらは大声で世の中や人生をののしりながら七両ほどある車両のはしからはしまで歩き、乗客が網棚へ置いていった新聞を集めた。それをかかえ、ぼくらは通路に尻をついて座り、首のネクタイを引き抜いた。そこで一部ずつ新聞を開き、声をあげて見出しの「馬場、恐怖の十六文《もん》キック」とか「ブッチャーのひたい、ざくろのように割れる」と読んでは笑った。意味もなく可笑《おか》しいのだった。乗客の中から笑い声が起こった。見られていて気分よかった。

見出しを読むのに飽き、ぼくらは通路へ新聞を広げて敷くと背広のまま横たわった。寝ころんで相変わらず、学歴が何だ、金持ちがどうした、俺の給料上げてくれ、政治家が何だ、威張《いば》るな、と喚《わめ》いた。自分が目立ちたがっているのがわかった。乗客の中から酔っぱらった中年男の声で、いいぞ青年、がんばれ、と声がかかってきて車内に笑い声が起こった。ぼくも笑った。

電車を降りるときぼくらは新聞を集めてかかえ、乗客に向かって最敬礼をし大声で詫《わ》びを言った。

駅を出て一人でアパートへ向かう途中、ぼくはよろけて道ばたの草むらへ倒れて吐いた。自分が、小説が何だ、文学が何だ、と喚いているのを聞いた。わけもなく涙が出た。

ある夜、友人と二人で新宿の西口の焼き鳥屋で泥酔、外へ出ると足がもつれた。見る物が大きく揺れ動き、自分でも酔い過ぎているのがわかった。

駅の東口へ抜けるガード下のトンネルで向こうからきた数人の大学生とすれ違った。友人が学生の一人とぶつかってよろけ、何か叫んだ。相手も何か言った。ぼくはわけもわからず友人を押しのけると学生に向かい、俺の友達に何すんだと言った。体がふらつき風景が大きく揺れ動いた。どこの学生だと聞くと、T大学の空手部だと言った。空手で有名な大学だ。酔いの中で、こりゃあ大変だと思ったが、もうどうなってもいい気持ちだった。その九人がぼくを取り囲んだ。

ぼくは何やら喋《しゃべ》りながら背広を脱いで地面へ投げ、ネクタイをはずした。学生たちも学生服のボタンをはずして袖《そで》をたくし上げていた。だが彼らの顔には、参ったなあ、こんな軟弱な酔っぱらいのサラリーマンと、という感じが明白だった。しかしぼくは友人の手前もあって引っ込みがつかず一、二歩前へ出て身がまえ大声で怒鳴った。ふらついた。

すぐ前の学生が顔をしかめ、隣の学生と顔を見合わせて首をひねった。ぼくは「どうした、やめるか」と言った。前の学生が小さくうなずいた。「だったら何かおごれ」とぼくは言った。その学生が服のボタンをはめながら「ぼくら、あまりカネないからラーメンならおごれるけど」と言った。ぼくは「わかった、ラーメンでいい」と言った。そして背広をひろって着ながら「おれはビールをおごる」と言ってのけぞり、道路へ倒れた。いい気分だった。

ぼくら十一人は近くの店へ入り、大声で運命について話し、笑いながらビールで乾杯し、ラーメンを食べた。

こんなふうにぼくの二十歳代の弱年期は、愚行と悔恨にまみれた恥多き記憶ばかりである。小説を書きたいという悪夢にとりつかれて己《おのれ》を見失い、思慮深さに欠けてまわりが見えなかったのだと思う。閉口《へいこう》である。

いま八十歳を過ぎても相変わらず世の中の矛盾《むじゅん》や不正にたいして腹が立つが、それほど騒がない。諦《あきら》めているわけではないが、馬力《ばりき》がなくなった。したがって若いころの、正直者が評価されない社会や政治の歪みまで、何もかもに向かって頭から湯気が立つほどの激怒をおぼえた情熱と軽薄さが、とてもなつかしい。

忙しいということ

最近の事情はわからないが、以前、書くのが遅くて締め切りに間に合わない物書きを出版社が旅館かホテルの一室に入れ、集中的に書かせることがあった。カンヅメと呼ばれ、原稿依頼が殺到する売れっ子の物書きがその状態に置かれた。そして物書きの多くが、できれば自分もさばききれないほど注文がきて忙しく、カンヅメにされたいと思っていると聞き、納得した。

じつはぼくも最初、カンヅメに憧《あこが》れていた。『出刃《でば》』という小説がある賞をいただいて急に原稿依頼が増え、一度だけ出版社が用意した東京のホテルへ喜んで入った。自分が大切にされていると思い込んで嬉しかった。

しかしホテルへ入った一日目は一行も書けず脂汗《あぶらあせ》を流し、二日目も四百字書いただけで焦《あせ》りで頭痛がし、自分からカンヅメを放棄した。山奥の森で生まれ育った自分には、都会の山も星も草原も見えない風土の風圧も感じない閉じられた空間で、決められた時間内に物語の世界を構築、表現、描写する訓練ができていないことを知ったのである。

小説を生活費のために書くことを好《この》まなかったぼくは、会社に勤めながら夜とか休日に自宅で書いた。しかし住居の公団住宅は居間兼台所と寝室、四畳半の三室だけで、ぼくら夫婦と子供二人の家族の生活がやっとで長いものを書くのは無理であった。それでときどき外で書いた。だがぼくが休みをとると勤め先の同僚に多くの迷惑をかけ、いつも気持ちの底に後ろめたさがあった。

高校時代を題材にした『地《ち》の音《おと》』は層雲峡温泉の「観光ホテル」で書きはじめた。夜中も書くためには酒場のない山奥がいいと思ったからだ。とにかくぼくは外が暗くなると酒場に行きたくなる習性があるからだ。

一日目は最初の十行を書いて行き詰まり、万年筆を置いて煙草《たばこ》を吸った。そのまま煙草を三十本吸ったが万年筆を持てず、午後六時にやめ、タクシーで四十キロ離れた上川町の酒場へ行って深夜まで飲んでカラオケで歌った。その日吸った煙草は九十本で、いつもの日より十本多かった。

次の朝起きて深く反省した。あり余ったカネがあるわけでもないのに高いホテルに泊まり、高いタクシー代と酒代を浪費している場合ではないのであった。意を決して午前十時から書きはじめ、ぶっ通して午後十時までの十二時間で五十枚を書いた。そのあと自宅で三カ月かけて二百五十枚を書き、最後の五十枚は定山渓温泉で書き上げた。

ヤマトタケルに絶滅されたと言われるクマソタケルの子孫が北海道の大雪山で理想郷を作っているという、ぼくの夢である物語を小説にした『クマソタケルの末裔《まつえい》』を書きはじめたのは四十五歳のときだ。増毛駅前の古い旅館に滞在、一日十三時間ずつ三日で六十枚書いて札幌へ戻った。筆が進まず二カ月放置、少し書いては一カ月放置がつづき、二年間で百二十枚書いたが気に食わず、ある日、いままで描いた百二十枚を破り捨てた。

「新潮」編集部の岩波剛さんの催促と激励がつづき、ぼくは再びこの主題に立ち向かうべく小樽の「銀鱗荘」へ行った。一日目、窓から日本海を眺めているうちに日が暮れ、水平線へ沈む金色の落日を見ていると書く気力を失った。すぐ酒の支度をしてもらい、黒ずんでゆく海を見ながら深酒になった。

次の朝、勢い込んで起きたが青空と太陽と青い海を見ると小説なんか書くのが馬鹿馬鹿しくなり、昼間から窓辺に座って酒を飲んだのだった。

夕方、これでは駄目だと判断、札幌の妻と子供二人を呼んだ。その夜から次の日にかけ、家族四人で海を見ながらごちそうを食べ、けっきょく一枚も書かずに終わった。大変な散財だったが大満足であった。この小説はその後、岩内や洞爺湖、ニセコや旭川のホテルで苦しみながら書き継ぎ、七年かかって「新潮」に一挙掲載されたときは、さすがに感無量であった。

原稿書きの小旅行はその後もつづき、留萌、雷電温泉、寿都、歌棄《うたすつ》、洞爺湖などで『スコール』『風少年』『光る大雪』の長編を書いたのである。

書くのに追われたころ知人から「忙しそうですね」と言われると「おかげさまで」とこたえたことがある。あとで考えれば、何とも品のない自惚《うぬぼ》れ返事だったと悔《く》いる。辞典を見ると忙しいという字は「心を亡《な》くす」と書き「せわしない、あわただしい、心がせかせかする、そわそわして落ち着きがない」意味だと出ていて、手放しで喜んでいい言葉ではない。つまり「忙しそうですね」と言われたということは「おまえ、せかせかと落ち着きなくて軽薄だ、みっともない」と、せせら笑われていると考えるべきだったのである。それをなんとぼくは「だんだん有名になって、すばらしいね」と、まったく逆の意味に解釈してしまったのである。

この謙虚さと賢さの不足した当時の軽薄さを思い出すたび、ぼくは天をあおいでアッと叫び、忘れるために大酒を飲むのである。

酒飲みの、たわごと

ほとんどの友人はぼくを大酒飲みだと思っているふしがある。ぼくは大酒飲みを一種の個性だと考えているから反論するどころか、友人らの指摘を褒《ほ》め言葉と解釈してとても誇りに思っている。しかしぼくは本物の大酒飲みではない。

大酒を飲んだのは三十代の一時期で、酒場で一晩に大瓶のビールを二十五本飲んだり、別の日、居酒屋で日本酒を冷やで三升飲んだときくらいだ。あとはだいたいビール七、八本とか日本酒七、八合くらいで大酒にはほど遠い量だと思う。問題は大酒か普通の量かでなく、酒に酔ってからのぼくの状態なのである。

とにかくぼくは酒が大好きである。毎日飲みたい。しかし酔い過ぎるのは嫌いである。他人の酔っぱらったのを見るのもあまり好きではないが、それ以上に酔い過ぎた自分はいやだ。

だから六十年近く酒を飲みつづけてきて思うことは後悔である。頭の底に酔っぱらったときの失態の記憶がしみついていて、そのときの自分の姿を思い出すと恥ずかしさのあまりウワッと叫んで気を失いたくなる。

若いころも慎み深くはなかったぼくは、社会にたいしても自分の生き方にたいしてもやたらに面白くなく、その気持ちの処置のためにとにかく酒を飲んで酔いたいと思ったのだから、ひとたまりもなかった。酔っぱらって自制心を失い、大勢の人の前でわけのわからないことを喋ったらしい記憶である。

ぼくはもともとは見栄《みえ》っぱりで人からよく見られたい種類の人間ではあったが、三升の冷や酒を体内に入れてしまったのではどうしようもなかった。

こういうことが一年に一度くらいあり、そのたびに次の日、寝込んでしまうほどの自己嫌悪と後悔におちいったのである。それほどにつらいのなら同じことを繰り返さなければいいのだが、そこが奥ゆかしさのとぼしいぼくの弱点であった。

あるとき『酒に酔わない方法』という本を見つけ「よし、これだ」と思って立ち読みしてびっくりした。「窮極の酔わない方法は酒を飲まないこと、これに尽きる」と書かれてあったのだ。そうか、やっぱり飲まないことしかないか、とぼくはすっかり感心したのであった。そして笑った。

とにかくこんなあんばいで長いこと酒を飲み過ぎての後悔と自己嫌悪を繰り返してきて、よくもまあ酔っぱらっての朦朧《もうろう》とした意識で人さまをあやめたり物を壊したり盗んだりしなかったものだという感動だ。妻に逃げられなかったのも不思議なくらいだ。おそらくは自分の記憶にないだけで、何度となくその寸前まで行ったに違いないと思うと、まったく俺は運がいいと感激するのである。


酒を飲んで酔わないのなら飲まないほうがいいという考え方があるが、その意見には同調しかねる。ぼくの思いはもう少し込み入っていて、酔うのは楽しいが、かといって必ずしも酔わなくてもよく、酒を飲むのを楽しめればいいと曖昧になる。まわりくどい言い方だが、酔っての醜態に怯《おび》えているために気持ち自体が複雑なのである。

こうして悩んだ末、ぼくはある対策を思いついた。一日に飲む酒量を決めたのである。家での晩酌は一晩にビールは五百ミリリットル缶を二個と日本酒を二合、それにワイン一合とした。これ以上飲まないと決めた。ぼくの体を心配してまだ多いという妻を何とか説得した。

当然この量では足りず七分目の酔いと不満ではあるが、とにかくこれ以上飲まないと決心した。生まれながらの弱い意志で、よく決断したものだと自賛しつつ、いつまでもつかという不安もちらちらする。それで追加の対策を開発した。

酒を飲むときはまず自分の精神状態のありように沿った速度で、ゆっくり飲むことである。つまり酒を他人についでもらわずに、自分の心のおもむくままに独酌《どくしゃく》で、ちびちびやるのである。宴会の席などではかなりむずかしいが、しかしこれが最も重要なところである。こうするといつまでも酔わない、とぼくは思う。

さらに加えると、心をゆったりとさせ、人生とは何かを考えながらとか、心の合った友と星や花をめでながら宇宙の広さなどを考えつつ飲むと、かなりの長時間、酔わないで飲むことができることを発見した。

とはいえ、あすも知れない後期高齢老人の自分である。酔って他人に迷惑をかけなければ、もう少し飲んでもいいのではあるまいか、という思いもちらつく。しかし、いややめとこう、いや、もう少しならと心が千千《ちぢ》に乱れるのである。

もちろん来客のあるときはこの限りではない。妻のぼくへの視線もやわらかいし、客に心おきなく飲んでいただくために、ぼくもそれに合わせてたっぷり飲むのである。

したがってぼくは毎晩、誰かこないかと客を待ちわびているのである。

名刺の肩書き

四十代の半ばごろの夜、ほろ酔いで歓楽街を歩いていると酒場の客引きが「シャチョー」「センセー」と声をかけてきて笑ってしまった。

暗い顔をして小説など書いている、明らかにおカネを持っていないのがわかる貧相な風《ふう》体《てい》の男を社長、先生と呼ぶのは、仕事とはいえ不愉快だったに違いない。しかし、ほろ酔い機《き》嫌《げん》のぼくのほうは悪い気はしなかった。

長いこと会社へ勤めながら物を書いていたので、人に会って自己紹介するとき出す会社の名刺で相手に職業がわかってもらえるのは助かった。

当時、名刺の右上に会社名と職場の名と身分が印刷されていて、ぼくがその部署でどのくらい偉くないかがわかる仕組みになっていた。もちろんその名刺はぼくの独自の技芸や資格を表現するものではなく、組織における位置だった。ぼくの三十五歳ごろの地位は課長職というものであった。これは課長ではなく課長のようなものというところだった。つまり仕事上も部署での上下関係でも、いかなる役目も効力もない、見事に値打ちのない肩書きで気楽であった。

勤めをやめたときいくつかの問題にぶつかった。何かの申し込み用紙や旅先のホテルで宿泊帳の職業欄に、いままでは会社員と書いていたのが書くことがなくなったのである。「無職」とか「なし」と書くのもなんともやるせなく、かといってまさか小説家とか著述業と書くのも気取っているように思え、いつも空白のままにしておいた。だが編集者に会っても講演に出掛けても名刺は必要だった。

そこでまた難題に突き当たった。名刺の左側には自宅の住所と電話番号を書くわけだが、名刺の右側の肩書きの場所に書くことがなく、真っ白のままなのである。

つまり会社をやめて依存する場所を失ったぼくは、他人に「おまえは何者だ」と聞かれても自分の名前しか言えなくなったのである。勤めをやめた者の宿命で仕方なかったが、なんとも侘《わび》しい気分であった。

ともあれ名刺の右上に書くものをいろいろ考えてみた。創作業、文章業、著述業、雑文業、散文業、文筆業と並べてみたがどれも立派すぎ、ろくな文も書けないくせにと思うと使う勇気が消えた。

それで少し謙虚さと投げやりな気分で三文文士《さんもん》、二文半文士《にもんはん》、年金受給業、納税業、家長代理、家族補佐、自宅代表取締役、私設社長、世帯主業、中期高齢業なども思い浮かんだが、どれも名刺の右に書いて人さまに差し出せる性質のものとは思われず、やめた。

昔、編集者から書いたものにつける肩書きをどうすると言われ返答に困った。「物書き」にしてくれと言うと編集者は、そんな肩書き聞いたことない、「作家」か「小説家」はどうだと言う。それでぼくは「小説家」は面白いが、「作家」というのは僕の思い込みでは日本に志賀直哉など七人ほどしかいないと認識している。とてもじゃないが自分みたいな者にそれを使うのは恐れ多いと断った。

しかし何人かの編集者に「いま作家と言われている人は何も偉いわけではない」と言われ、編集者にまかせることにした。


五十歳ごろ、ときおり先生と呼ばれて驚いた。先生と呼ぶのは学校の教師か医師ぐらいと思っていたから、師弟の間柄でもないのに物書きや議員を先生と呼ぶのは、おもねり過ぎの気がしたのだ。それで物書きを先生と呼ぶ理由を聞いてみると、先生と呼ばないと機嫌を悪くして返事もしない作家がいるからと言った。これにはたまげた。

辞典には先に生まれた人や師、教員や医師、議員やその道の専門家を先生というと意味は広い。ただ、からかう気持ちで他人を軽蔑してセンセイと言う意味もあると書いてあるから、喜んでばかりもいられない。

先生と呼ばれるのが居心地悪くて、やめてくれと言ったことが一度だけある。これもしょっちゅう口にすると、いかにも先生という地位にこだわっているようにとられそうで用心していた。

それは知人の受賞パーティの会場でのことだった。初対面の青年にむやみに先生先生と呼ばれるのに閉口して、その先生というのをやめてほしいと言ったものだ。

するとその青年は「あなたの考え過ぎだよ。私はあなたの名前を知らないので、みんながあなたを先生と呼んでいるから、それで私もそう呼んでるだけのことですから」と笑った。これには恐れ入った。

けっきょくぼくは名刺の肩書きに書くことがなく、名前と住所だけにした。

すると右上の真っ白い空白が、八十年も貧乏しながらやみくもに生きてきて体も頭もぼろぼろになり、気力も身分も消えてしまった荒涼《こうりょう》たる光景に見えて、うらさびしい。

しかしぼくは一応、挽回《ばんかい》を試みる。この空白はまた、やっと名声や地位、見栄や虚栄へのこだわりから解放されて自由になった証明でもあるんだぞ、と力んでみるのである。

料理ということ

ぼくが食事の支度《したく》にはかなり自信があると言うと、たいがいの人が妙な顔をする。しかしぼくは料理に自信があると言っているわけではなく、食卓に箸《はし》やビールのグラスを並べたりする段取りが巧《たく》みなことを、ぼく一流の味わい深い言い方で支度と表現しているだけである。

たしかに辞典には料理は食品に手を加えて食べられるように調理することと書いてあるが、ぼく個人としてはひそかに、スキヤキのための牛肉やシラタキの買い物も料理のうちに入れてもおかしくはない、と考えている。

この思い込みにはいきさつがある。十歳ごろ家族が畑仕事中、米や麦をといでご飯を炊《た》き、キャベツを切ったりジャガイモの皮をむいて味噌汁を作った。そのために薪ストーブへ火を焚《た》きつけ、屋外のポンプからバケツで水をくんできたのも料理の延長と思ったものだ。

高校の寄宿舎は自炊で、ご飯、味噌汁、煮魚を自分で作ったが、七輪《しちりん》に木炭で火を起こしたり食後の食器洗いも料理の範囲と考えていたふしがある。

いま、ぐい飲みや醤油さしを食卓へ並べるのを料理と呼ぶのには、いくぶんためらいはある。しかし盃《さかずき》の種類、置く位置と角度、風景としてのありようを考察する苦心からみて料理の範疇《はんちゅう》と思いたいのである。


六十歳のある日、出版社の人と酒を飲んでしたたかに酔っぱらい、どういう話の成り行きからか忘れたが「俺は料理にはうるさいぞ」と言ってしまった。おそらく子供のころからの体験を自慢に思ってのたわごとだったに違いない。

誰かが「それはどんな料理だ」と聞くのでぼくが「ギョウザのタレづくりだ」とこたえると、座にいた全員が爆笑した。つられてぼくも笑った。

ところが一カ月後、酒に酔ってのぼくの無駄口がどういう伝わり方をしたのかわからないが、ある温泉のホテルが、ぼくの文学展を開催したいと言ってきたのである。その初日に百人のツアー客を募集し、ホテルの大広間で一泊の大宴会を開催するというのである。びっくりした。

即座にぼくは断った。温泉街までぼくなんかの文学展を見にくるツアー客なんかいるはずがないし、いても気の毒だからやめてくれと言った。すると主催者は「最後まで聞いてくれ。問題はこれから言うことなのだ」と言う。

聞くと当日、ツアー客に、ぼくが何か一品、食べ物を作って提供するというのである。料理に自信があるというのだから簡単でしょう、と主催者がからかいを含んだ眼つきでぼくを見た。

一瞬ぼくは驚きのあまり絶句した。酔っぱらっての暴言のうえ、ぼくが料理を作るというのは冗談も度を越している。

あきれて笑っていると主催者が「ギョウザのタレを作るそうじゃないですか」と言って口尻に薄笑いをにじませた。ついぼくは「それならできる」と言ってしまった。うちでは妻が三十年間、三日に一度はギョウザを作って食べ、タレは必ずぼくが作ってきたからだ。このタレづくりぐらいむずかしいものはない、とぼくは周囲に豪語しているのだった。

実際、醤油や酢などの入れる順序と割り合いはぼくなりに決めていて、これを変えると微妙にタレの味が落ちてしまうのである。

宴会の前日、ホテルの料理人がうちへきて妻からニラの多いギョウザの作り方を習っていった。ニラのほかに入れる物はハクサイ、ニンニク、キャベツ、ショウガのみじん切り、干しシイタケ、タマネギ、ホタテの貝柱を粉にしたもの、ひき肉、日本酒、醤油、砂糖、塩、ゴマ油などが妻が使う材料だ。

そして当日になった。温泉ホテルの厨房《ちゅうぼう》へ入ると巨大な調理台に刺身の猪口《ちょこ》より少し大きい小皿が百個並んでいて緊張した。とにかく酔っぱらった勢いとはいえギョウザのタレづくりにうるさいぞと威張《いば》ってしまったのである。逃げ出す時機は失っていた。頼んでおいた種類と品質の醬油と米酢と一味唐辛子と、妻が庭で作った唐辛子入りのラー油が用意されている。
五、六人のプロの料理人が注視する中、いきなり醬油を手にとって一つめの小皿へ注いだ。気合いが重要なのだった。あとは流れるように進めることが肝心なのだ。息を詰め、酢を入れる。酢の分量は醬油の色の薄まり具合で判断する。ここが最も経験と勘と技を総合しての力量を問われる場面である。次にラー油の瓶《びん》を底に沈んでいる自家製唐辛子がよく混ざるように五回振ってから、瓶の調節弁を押さえて四滴たらす。最後に一味唐辛子をタレの表面全体に薄く広がるよう振りかけるのだが、多くても少なくても味の調和を崩すので鋭い技術と感性を必要とする。これで一人分が完成し、この創作を百回つづけた。
こうしてぼくはいくぶん見当違いのかこつけかもしれないと思いつつも、ギョウザのタレづくりに自信をもつ自分を、なかなかの巧者《こうしゃ》だと思うのである。

買い手のこと

ぼくは貧乏人だから当然、買う物が安いにこしたことはない。二十代のころおカネがなくて閉口し、注文背広が十万円するとき二着で一万円の既製の背広を十カ月月賦で買い、安くて助かったと思ったものだ。

ところが年をとった最近もおカネがないのは昔と同じなのに、安すぎる物を買うときたまに、作った人にちゃんとおカネ渡ってるのかな、と思ってしまう。べつにぼくは他人を思いやるほど気持ちやおカネに余裕があるわけではない。

三年前、パリのスーパーマーケットでリンゴを買おうとすると、箱の中のリンゴが大きいのや小さいのが混ざっているうえ、色も形もばらばらなのにびっくりした。買う客を見ていると大小を混ぜて五つほど入れた袋を前の秤《はかり》に載せる。重量が表示されてレジ係が金額を言い、客が代金を払う。改めて商品を見るとトマトも大小まざっており、キュウリはまっすぐのと曲がったのがいっしょに、同じ値段で売られているのだった。

それから三年後の日本で、近所の店でキュウリを見ると三本で二百十円の横に「曲がりもの」と書いた四本二百十円のが売っていた。ぼくは当然、曲がりものを買ったが、そっちが安いからではない。まっすぐだろうと曲がっていようと味も成分も同じなのに、なぜ同じ値段で曲がったほうを一本多くして売るのかと、腹が立ったからだ。人間は食べなければ死ぬ。食べ物は命なのである。見かけで食べ物の値うちを決めていいわけがない。

ぼくは農家だった父母が、トーキビやジャガイモを売って六人の子供を育てるのを見てきたから、店頭などで食べ物が粗雑に扱われていると、とても不愉快になる。

品物を安く売るには有効期限や賞味期限が切れかけてるとか、多く作り過ぎたなどいろいろ理由があるとは思う。衣類にしても春になり冬物を手間や送料をかけて問屋へ返品するより、安く売ったほうがましという考えもあるだろう。ある魚屋さんが言った、十匹のカレイを七匹売って儲《もう》けが出たから、あとの三匹は売れ残るより値引いても売ったほうがいいという考え方もよくわかる。

昨年の秋、知り合いの農家からたくさんのナスやキュウリ、ダイコンをいただいた。商店で売っているものより三倍ほど大きかったり太かったり、小さかったり歪《いびつ》などの不ぞろいのため規格はずれで店で売ってもらえないのだという。ぼくはつい規格ということについて考え込んでしまった。

辞典によると規格とは製品や材料の型や品質について定めた標準とあって、規格とか標準の具体的な意味についてはぼくは全くわからないが、これは建築物や電気製品、機械や衣服などの取り扱いには重要なものに違いないという気がする。

だが食べ物の場合は生産された場所や時期や栄養や鮮度がちゃんとしていて体に害がないなど品質の条件がしっかり整っていれば、形や大小に規格をはめるのは乱暴ではないか、と思ってしまうのだ。極端な話、基準は、安全に食べられること、一つあればいいのではないだろうか。

もちろん規格の向こうには流通業者による収納や輸送効率の考え方、販売効率などもあるだろうが、最も大きな問題は買い手である消費者の性癖の気がする。ぼくもそうだが、物をうわべや外見で選びがちだということである。そういう買い手の傾向に合わせて、業者が規格の枠を広げたり狭《せば》めたりしている気がするのである。つまり客が曲がったものを買わないから安くせざるを得ないということになるわけだ。

安売り専門の店へ行って驚く。これほどの品物がどうしてこんなに安い値段で売ることができるのだろうという衝撃である。製作費が低いとか高性能の機械による大量生産にしてもである。物は作る人、問屋、配る人、小売り店など数多くの人々が、その労力に応じた報酬と利益を受けなければならないはずである。この安い売り値では、それが無理ではないのかと思ってしまうのだ。

思い過ごしかもしれないが、もしかするとこの安さの裏側で、働いているたくさんの人が低賃金のため生活に困っているのではないかと考えてしまうのである。

安売りとは辞典に、もともとは貴重に扱われなければならない物を、そのものの持っている価値以下に扱うことと書いてある。つまり安く売られる曲がったキュウリは値段が下がっただけでなく、曲がっているという理由だけでキュウリ本来がもつ価値まで下げられたと解釈できるのである。これはただごとではない。

ともあれぼくはいいかげんな人間だから、これまで何でも外観や見かけにまどわされてきたことが多く、油断すると食べ物を見るときにもあらわれかける。そういう一瞬、昔うちで作った農作物の出来具合が悪くて売れず、生活苦にあえいでいた父母の姿を思い出して、途方に暮れる。

いまはなんとか、見た目で選ばない。

オヒツの音

先日、散歩の途中にある古物屋へ何か面白い物でもないかと立ち寄ったとき、初老の夫婦客が店員に「鉄瓶《てつびん》はありませんか」と聞いていた。三十歳くらいの男の店員は、「魔法ビンやガラスのビンはございますが、あいにく鉄のビンは置いてません」とこたえた。

ぼくはびっくりして夫婦客の様子を見ると、二人は小さくうなずいて微笑された。たしかに鉄瓶は鉄の瓶と書くが、男の店員の言い方の雰囲気には湯沸かしの容器というより、鉄製のビール瓶か一升瓶みたいなものを想像しているようにぼくには思えたのだが、どんなものだろう。しかしかりにそうだとしても、家庭から鉄瓶が消えてから四、五十年たつのだから当然のことだろう。

急に、ぼくが十歳ごろ家にあった道具を思い出した。昭和二十二年、ぼくの家にはまだ電気がきていなかった。

茶の間には瓢簞《ひょうたん》ストーブとも呼ばれるダルマ型薪ストーブがあり、夏も冬も一年じゅう火を焚いていた。暖房だけでなく毎日の朝晩、煮炊きもするからである。夏の気温が高い日、ケチな母がストーブの火を消そうとすると父が「火は消すな。火の気のないとこと女《おんな》気《け》のないとこには人は寄らん。暑かったら窓をあけろ」と言った。子供のぼくには何のことかわからなかったが、妙に面白かった。

この薪ストーブの上に二つの鉄瓶とアルマイトの薬缶《やかん》一つ、琺瑯《ほうろう》引《び》き薬缶が一つ載っていた。鉄瓶はどういうわけか湯が沸くと、管楽器が曲を奏《かな》でるようなシューン、シューンという高低のある音で鳴りはじめ、ぼくはいつもストーブの横でその美しい音に聞き入ってはうたた寝してしまった。

冬の夜は夕食のあと、七人の家族用にストーブの上にブリキの湯タンポが二つ、瀬戸物の湯タンポ二つ、石が二つ載る。湯タンポの中の湯を温めるのと石を焼くのである。

石は川原から拾ってきた直径二十五センチほどの丸いもので一つはぼく用だ。熱く焼いた石に軽く湯をかけて熱さを石の芯に封じ込め、ボロ布にくるんで蒲団《ふとん》の足元に置くと朝まで温かかった。

夜の明かりは茶の間の天井に吊ってある石油ランプ一個だから暗くて本の字も読めず、ぼくは賢くなれなかったが、おかげで夏は八時に冬は六時に寝たので体は丈夫になった。

家の外にある手押しポンプは地下水を汲み上げる道具で、ぼくはここから十メートル離れた家の中の台所にある陶磁器の水瓶《みずがめ》まで毎日、バケツで三十杯の水を運んだ。水瓶は直径六十センチ、高さ一メートルくらいもあった。このポンプから隣の小屋にある五右衛門《ごえもん》風呂へ五十杯ほどの水を運ぶのも、ぼくの仕事だった。

毎年の十二月三十日は早朝の三時から家族総出で正月用の餅搗《もちつ》きをした。薪ストーブに載せた羽釜《はがま》の上に蒸籠《せいろう》を三つほど重ね、羽釜の湯気が簀子《すのこ》を通って蒸籠の中の餅米《もちごめ》を蒸《ふか》す。その米を餅搗き臼に移し杵《きね》でつくのである。小学生のぼくもついたが、振り上げた杵が重くて体も足も左右にふらつき、父に「ふんばれ」と気合いを入れられた。

ほかにもぼくの家には石臼《いしうす》、水筒《すいとう》、飯盒《はんごう》、一升枡《いっしょうます》、竿秤《さおばかり》、御用籠《ごようかご》、ボッコ靴、背負子《しょいこ》、行火《あんか》、茶碗籠《ちゃわんかご》、安全灯、鉄の容器内に炭火などを入れて使うアイロン、糸車《いとぐるま》、紡毛機《ぼうもうき》、蓄《ちく》音機《おんき》、オヒツなどの生活用具があった。これら人が手と体を使う道具によって生きる意味と力が培《つちか》われ、家族が結びついたように思う。

オヒツ（御櫃）は炊けたご飯を釜から移し入れる容器で、北海道ではトドマツ材で作った。ぼくは十三歳で街の中学へ転校し、食べざかりの子供が八人いる遠い親戚の鍼灸《しんきゅう》所の木幡《こはた》さんに居候《いそうろう》していた。食事どき、そこの小母さんが何度もご飯を盛ることを繰り返し、やがて木の飯篦《めしべら》がオヒツの底でカラカラと音をたてだすと、ぼくはまだ腹いっぱいでなくても申しわけなくて三杯目の茶碗を出せなかった。その音のおかげで、ぼくの中に何か大切なものが育った気がする。

それから六十五年たち、ぼくの生活からあれら道具のほとんどが消えた。代わりに石油ストーブがつき蛍光灯が光り、なんと風呂やトイレにまで電灯がつく贅沢さだ。

水道の蛇口をひねれば水が出、風呂もスイッチ一つで湯が出る。電気冷蔵庫、電気洗濯機、電気炊飯器に電気精米機、電気餅搗き機に電気アイロン、ファクシミリ、電気掃除機にカラーテレビに電気扇風機、なんと電話まである。

自分で買っておきながらこの便利な道具の多さに驚き、本当にこれでいいのかと思う。もちろんこれら道具によって女性をはじめたくさんの人々が重労働から解放され、自分の時間を得たことはすばらしいことである。

ただ十三歳まで真冬、氷点下三十度の山奥で石油ランプと薪ストーブ、焼いた石で体を温めたのを不便と思わないで育ったぼくは、いまの便利すぎる道具を使うことに、なぜか気が咎《とが》めるような激しい躊躇《ためら》いをおぼえるのである。

さらに、もともと感度のよくないぼくの五感のはたらきや、思考、判断、批判の力が、便利さによってますます退化する気がして怯えてしまうのである。

ラーメン店で

近ごろ一人で食事をする人が増えているという。一人で食べるのがいやでも仕方なくそうしている人もいるだろうし、他人といっしょだと気詰《きづ》まりだという人もいるだろう。家族が少なかったり連れ合いがいないなど、昔からそれぞれの事情で一人食事はあったはずだが、いま増えるということにはまた別の理由が生じたのかもしれない。

ぼくは農家に生まれて食べなければ死ぬと教えられて育ったから、人間にとって食べ物とは何か、ということを考える癖《くせ》がついた。そして食べ物は生命だということが心身の底までしみ込み、一億円のおカネより握《にぎ》り飯《めし》一個のほうが価値があることを知った。

うちは八人家族で食事のときは忙しかった。兄や姉は食べるのが早く、九歳のぼくはいつもろくに嚙《か》まないで飲み込み、下痢をした。母に怒られるのも食事のときで、妹を泣かすな、遊んでないで畑仕事を手伝えと小言をくった。食べるのが遅い子は手伝いも勉強ものろいなど、わけのわからないことを言って母はぼくを叱る。あとで考えると家族での食事は子供の躾《しつけ》の教練場だった。

中学二年から街の学校へ転校、親戚の家へ居候《いそうろう》させてもらった。そこの家族がぼくを入れて十人になり、食べ物の譲《ゆず》り合いと食事のたしなみをおぼえた。田舎者のぼくの修練場であった。高校の寄宿舎での食事も六十八人が食堂でいっしょに食べた。なぜか争って食べる感じになるため大食いで、そのぶん健康だった。ここで食は体力と気力の源《みなもと》である自覚と、多人数による食事の心得を習った。

会社に勤めてからも昼食は会社の食堂が多く、十人くらいの同僚といっしょだった。食べながら、いい女性がいて値段の安い酒場を教えてもらったり、仕事の要領を習う。先輩におカネを借りることができたのも食べながらで、食事は見事な人生の道場《どうじょう》であった。こんないい環境で修業したのに、ろくに食の作法が身につかなかったのは、もともとぼくの心がけがいいかげんだったからに違いない。

先日、本州へ行ったおり地元の知人に、いま人気だというラーメン店へ案内された。戸口を入ると奥へ延びる細長い廊下に沿って左手に一メートル四方くらいの狭い小部屋が二十ほど並ぶ。中は人が一人座れる広さで、床に小さな丸椅子が一つ置かれている。知人がその一つに入り、ぼくも隣に入って座った。廊下に面した背中はあいているが、前も両わきも床から天井まで板で仕切られている。両隣の人は見えないし、こっちも見られないようになっている。自分だけの空間というわけだが、感じとしては刑務所の独房に近い。

それにしても店員の姿が見えない。というより人の気配がない。もしもしと呼んでみたが、三方の壁が声を出すのをはばかる雰囲気をつくっている。きょろきょろ見回すと隣との仕切り壁に「塩」「醤油」「味噌」と書いた三つの押しボタンがあり、味噌を押す。これで注文できたのかどうかわからず、なんとも中途半端《ちゅうとはんぱ》な気分で舌打ちしそうになるのを我慢し、とにかく耳を澄ませて待つ。

これが近ごろ聞く個食とか孤食の一つかもしれないと思う。何かの原因で人との関係がうまくいかなくて人とのかかわりを避けだし、一人を好むようになり、望むと望まないとにかかわらず一人で食事をとる状態をさしているのだろう。

十分ほどたったころ突然、眼の前の板壁の中央が上がって三十センチ四方の四角い黒い穴があいた。そこから味噌ラーメンのドンブリが突き出てきて、ぼくの前の板のカウンターへ置かれた。ドンブリを持つ手と手首は見えたが顔も見えず声もしない。黒い穴の向こうの人は何も言わない。

これには驚いたが、もっとたまげたのはドンブリを置いた手が引っ込んで行くと同時に四角い板戸が降り、またしても眼の前が焦《こ》げ茶色の板壁になってしまったことだ。

ぼくは右の壁に差してある割り箸を取ってはみたが、すっかり食欲がなくなっていた。三方に立ちふさがる板壁が息苦しく、軽い目眩《めまい》をおぼえる。

とにかくラーメンを食べてみる。しょっぱい気はするのに味が曖昧なのは、ぼくの味覚がおかしくなっているのに違いなかった。原因はわかる気がした。ぼくは食べるのをあきらめて箸を置くと、深い溜《た》め息が出た。

少しあと妻が信州の実家へ行っている五日間、ぼくは一人で食事をした。一日目の晩は清水《きよみず》の舞台から飛び降りるつもりで一枚三千二百円もする羅臼《らうす》産のキンキの開きを買ってきて酒を飲んだ。脂《あぶら》があって「これはうまい」と言いそうになったが声にならなかった。感動を聞いてくれる人がいないというのは、いかにも淋しい。

二日目は鯖《さば》の味噌煮の缶詰めをあけたが、ぼくは食べながらテレビを見る趣味もないうえ喋らないで食べるのが苦痛なので閉口した。

それで少し離れたところに住む友人に電話し、「冷ややっこと鯖の缶詰めしかないが飲みにこないか」と声をかけた。

忘れ物

ぼくは小さいときから母に、落ち着きがない、忘れっぽいと怒られてきたが、自分ではそうは思ってなかった。小学生のときも学校へ行くとき、たまに教科書や消しゴムを持たずに行ったことはあったが、弁当だけはけっして忘れたことがなかったからだ。

ただ小学二年の秋の忘れ物はおぼえている。朝、学校へ行く途中、友達の家へ呼びに寄ると友達に「おまえズボンどうしたのよ」と言われた。見るとぼくは上着は着て鞄《かばん》は背負っているのに、下半身は下着のパンツ一枚でズボンをはいていないのだ。これには自分でびっくりした。もちろん大急ぎでズボンをはきに家へ戻ったが、長い人生の中で子供のときのこんな軽い失態など何の問題もない。

また六十歳過ぎてから加速して増えてくる物忘れも、明らかに脳みそのはたらきが低下しているのだからしょうがない。ただ物忘れも自分だけで腹を立てているうちはいいが、他人に迷惑が及ぶようになるとまずい。

先日、友人の受賞祝賀会がありタクシーで出掛けた。ホテルに着きコートのポケットからタクシー代を払って下車した。ぼくの財布は札が折らずに入る長方形のもので、いつも持ち歩く小型の革の手提《てさ》げバッグに入れてある。理由はぼくは名刺入れを持たないため財布に自分の名刺を十枚ほど入れ、ほかに数枚のカードや知人や編集者の電話番号を書いた紙片などが入っているため重い。そんなものを安物の背広の内ポケットに入れようものなら、上着の片半身が重みで垂《た》れ下がるからだ。

ホテルに入り会場の受付で主催者に挨拶の名刺を出され、ぼくも財布から名刺を出そうとバッグをあけたら財布がない。息が詰まった。床へしゃがんでバッグの中を調べる。汗をかいたときに着替えるための三枚の下着シャツやマスク、使い捨てカイロ、風邪薬などを出して床へ置く。小さいバッグはすぐ空《から》になったが財布はなく、ぼくは頭の中が真っ白になった。寄ってきた人たちに、どうしたの、どうしたのと聞かれ、うわごとみたいに財布財布と呟きながらタクシーの領収書を出す。タクシーの中だと思った。

ぼくはタクシーに乗るときいつも、降車時にすばやく支払いができるよう乗る前か目的地に着く前にバッグから財布を出して前もっておカネを用意しておくのである。さっきも数枚の千円札を出したあと財布をバッグに入れたつもりが、車の座席へ置いたものに違いなかった。

ぼくはエレベーターの横にあるという公衆電話へ向かって走った。とにかくタクシー会社だった。

電話に出た配車係にまず、後ろの座席に財布を置き忘れたようだと言う。乗った場所や時間、降りた場所などを早口で喋っているうちにいっそう気が動転し、頭から血の気が引くのがわかった。入っているおカネなんかはともかく、クレジットカードに銀行と郵便局のキャッシュカードが問題なのだ。一年間の予定を書き入れる小さな手帳に自動車の運転免許証も入っている。耳に受話器を当てたまま腕時計を見る。あと五分で祝賀会が始まる時間だった。発起人代表の挨拶のあとの来賓祝辞で、ぼくが一番先に喋ることになっているのである。脚が震え、頭からまでも汗がしたたり落ちた。

ぼくは受話器に向かい、とにかく早く乗ったタクシーをつかまえて座席や足元を調べてほしいと言う。ぼくが降りたあとに乗った人がいるかどうかと言いかけてやめた。そんなことを口にするのは慎み深さに欠けることだった。配車係が、大至急、手配するからいったん電話を切って待つようにと言う。

会場へ向かって走りながら、俺は馬鹿だ、やっぱり財布は背広の内ポケットに入れておくべきだったと悔いる。何回も舌打ちがはじける。もしかしたら自動車の運転免許証の中にキャッシュカードの暗証番号を書いた紙切れも入れてあったのではないかという気もする。ろくな額のおカネではないが引き出されたら大事《おおごと》だ。

息せききって祝賀会場の席につくと、ひどい目眩がした。体じゅう汗まみれだった。しかしすぐに来賓祝辞のぼくの名が呼ばれた。

舞台に上がってマイクの前に立つと、ぼくは二日前から用意してきた話す内容を忘れてしまった。三分ほどの間に自分が何を喋ったかおぼえていない。

最初の乾杯がすむとすぐ、ぼくは公衆電話のところへ行った。タクシー会社へかけかけてやめ、先に家の妻へかける。まずはクレジットカードとキャッシュカードの使用機能を停止しなければと思ったのだ。運転免許証も悪用されないよう警察に届けたかった。それらを妻に頼もうと思った。電話に出た妻に「財布なくした」と言った。妻が「え?」と叫ぶ。その声にさらにびっくりし、「とにかくカードをとめないと」と言う。妻がうわずった声で「ちょっと待って」と言って受話器を置く。すぐ戻ってきた妻が「財布なら書斎の机の上にありますよ」と言った。

ぼくは絶句して床へしゃがみ込んだ。老いへの試練はきわめてみっともなく、厄介な風景のようである。

忘れたあと

あちこちの高校の講演で話してきた題は「一人では生きられない」「まだ遅くはない」「なぜ勉強するか」である。まったく抽象的な演題をつけたものだが、不学ゆえ、なんとかいいことを話そうと力んでしまったせいだ。

むずかしかったのは多くの高校生も親も学校も、勉強における目的の本音が「いい大学へ入って、いいところへ就職して、老後に安定した生活をしたい」と考えているらしいところ、ぼくの話がそれとややずれていたことである。つまりぼくの話は、勉強するのは勉強よりも大切なことがあるということを知るためである、などと高校生にとっては当面まったく役に立ちそうもない現実ばなれしたことを話すのである。生徒も親も、なんだなんだ、いま受験や就職のことでそれどこじゃないんだと眉《まゆ》をひそめたかもしれない。

ぼくにも迷いはあった。経済と科学が支配している感じのいまの社会で、カネで買えないものはない、人の心さえもカネで買える、カネさえあれば誰の世話にもならないで一人で生きていける、カネは神だという風潮が蔓延《まんえん》しつつある世の中で、夢をもてとか希望をつくれなど理想的な話をしている場合か、とは思う。

現実に、人々が幸福と考えているかなりの部分までカネで買えることは事実だし、安定した生活を得たいために学ぶのも当然のことである。社会で実践できる知識を身につけることが教育の重要課題であることもたしかだ。

そうした中で理念を持ち出すのは照れくさい。しかしそれでもなお、人間はなぜ生きなければならないのか、人生をどう生きるべきなのかを思いめぐらすと、やはり原点に立ち返っての教育、勉強を考えてみるべきだと、幼さの抜けないぼくは思うのである。

ぼくが高校生に話してきたことの第一は体を鍛えること、第二に母語《ぼご》を学ぶこと。体とは肝《きも》、つまり気力や精神のことで、その均衡感覚を育てて両足でしっかり立てる体をつくって自律神経を養う。

勉強とはすでにできている知識をおぼえることをとおして、自分独自の考え方を生み出せるよう頭を鍛錬することのはず。学校は社会へ出て自分で考えて生きていけるよう、勉強を通して生き方を学ぶところ。ぼくのような気まぐれで我儘《わがまま》で怠《なま》け心の多い浅はかな性格の者が、それにうち勝つための鍛錬をするのが学校での勉強だろう。

教育で積まれると考えられる学力とは点数にあらわれるものでは、もちろんない。生徒それぞれが自分で学び取る生きる力のことを学力というと、ぼくは考えている。

その生きる力とは何か。第一に自分以外の他人の心を感じとる力、第二に他人と協力し合うことのできる力、第三に自分の感情を操作、調節できる力の三つをいうと考える。

勉強は一つの問題について徹底して考えつづける習慣を身につけることから入ると思う。問題を解けなくてもわからなくても、それはそれで仕方ない。要は懸命に考えつづけることが勉強の本来の目的であり姿だと考える。

つまり勉強は問題を解いて答えを出した回数が多いから学力がついたというだけのものではなく、考えた深さと考えた回数と時間の多いぶんだけ理知がついて明敏な思考力、判断力、批判力がそなわるのではないか、その先に生きる力が育つと、ぼくは思うのである。

多くの人の場合、理科で学ぶのは理科的思考ができるようになるため、数学も国語もまた同様で、教科はそれ自体だけの知識が目的ではなく、重要なのはその教科がもつ思考形態から多彩なかたちの考え方、考える力を得ることだろう。そこから生きる力が養われると、僕は思う。もちろんこれらは、あくまでもぼく個人の考え方である。

教育という言葉をある辞典でみると「社会人としての人間形成などを目的として行われ

る訓練」とある。この説明に学問とか勉強の文字がないのが興味深い。ある辞典で勉強を引くと「学問や仕事などにつとめ励むこと」と、「仕事」という文字があって、ぼくは大いに喜んだ。勉強の意味が知識や単位や資格を得るためだけでなく、仕事に頑張ることも勉強だというのである。これは嬉しい。

ということは、ぼくが小学生のとき父母の農業を手伝ってジャガイモ植えや麦刈りをしたのは勉強になるからだ。茶の間の雑巾《ぞうきん》がけや豚の餌やりや風呂焚きも勉強だったのである。当然のこと学校の校庭の草むしりや教室、廊下、トイレの掃除、校舎の屋根の雪おろしも立派な勉強だったのである。ぼくはテストの問題を解く能力は身につかなかったが、たくさんの勉強をしてきたことになるのである。辞典に仕事もと書いてあるのだから間違いない。

ぼく自身、習ったもので役に立ったのは母語と掛け算九九《くく》だ。ほかにおぼえているのはオームの法則とかピタゴラスの定理などほんの少しで、あとはすべて忘れてしまった。これはぼくの脳味噌の活動が弱いためだから仕方ない。

ただぼくは別にして、教育とは忘れてしまったあとに残るもののことをいうのではあるまいか。

時間割

近ごろではめったに時間割の予定表を作ることはなくなったが、何年か前までの仕事が重なっていたころには一週間の時間刻みの計画表を作っていた。書斎の机の前に貼《は》っておいたその紙片を見るたびに、思い出したことがある。それは生命の尊厳ということについて思いめぐらす能力に欠けていた弱年《じゃくねん》どきの、浅はかさを恥じる記憶につながる。

もう四十五年ほども前のことになる。ぼくの姪《めい》が病気になった。次兄の娘で、骨肉腫《こつにくしゅ》という病名で高校二年生だった。利発で顔立ちの美しい少女であった。

春の修学旅行中に左の膝《ひざ》に鈍痛が生じ、帰ってきて診《み》てもらった医師に神経痛とかリウマチと言われたと、姪は首をかしげて笑った。何回かの検査で小児ガンと判明したが、もちろん親もぼくらも本人には黙っていた。医師は余命一年半と言い、ぼくは息が詰まった。入院しての治療がはじまり、次兄夫妻は医師に自分たちのすべての財産をつぎ込むから、あらゆる療法を使ってほしいと懇願した。自宅も賃貸アパートも売ってもいいと彼は体を震わせた。次兄は医師がほどこす治療のほかに、何種類もの漢方薬を買い集めては娘に飲ませた。麦飯がいいと聞くと炊きつづけ、自然食がいいと言われ、遠方の農家から農薬を使っていない野菜などを求めてきては食べさせた。

ぼくもときどき病院へ姪を見舞った。次兄夫妻は医師に、なおせるならアメリカでもドイツでも連れて行きたいと申し出て無駄だと言われ、ぼくの前で涙を流した。

姪の膝の痛みは次第に増してゆき、夜も眠れないほどになった。彼女はぼくに「叔父《おじ》ちゃん、わたし十六なのにさ、リウマチなんて、へんな病気よねえ」と苦笑した。ぼくは顔のこわばりを隠しつつ、ただ「がんばれよな」と言うしかなかった。彼女は「うん、がんばる」と力強くうなずいた。

姪の枕元には入院したときから通学用の鞄《かばん》と全部の教科書が置いてあった。痛みの弱いときにはあお向けや横向きに寝たまま教科書を開いていた。枕元の壁には学校で習う一週間の時間割が貼ってあった。級友に頼んで持ってきてもらったと言った。その時間割に合わせて姪は教科書を開いているようだった。

彼女は口ぐせみたいに「早く学校へ行きたいなあ」と言った。ぼくは困惑《こんわく》を押しつぶし

「勉強は体がなおってからでも間に合うさ」と言った。彼女は自分に言い聞かせるみたいに「何でもないって、すぐなおるんだから」と口にした。

入院して一年近くたち、学友が三年生に進級したとき学校側は姪も三年生に進めてくれた。一年近くの間、一度も学校へ行かなかったが、再び登校できないかもしれないことがわかっていての学校側の配慮がありがたかった。姪の懇願で、次兄夫妻は三年生用の教科書を買い揃えて枕元へ並べた。教科書をめくる姪の腕は痩《や》せ細って黒い枯れ木みたいだった。級友が新しい時間割を持ってきて枕元へ貼ってくれた。

姪はときおり体を起こしては時間割を見つめた。級友が教室で勉強している光景を思い浮かべているように見えた。

やがて一日に何回も痛みどめの注射がうたれはじめ、薬がきれると歯ぎしりして唸りながら痛がった。ぼくが「我慢しろよな、我慢しろよな」と言うと姪は涙のたまった眼に微笑をつくって「うん、たいしたことない、がんばる」とこたえた。そして「叔父ちゃん、へんな顔しないでよ、お医者さんがもうすぐなおるって言ってるんだから大丈夫だって」と言った。ぼくは何度もうなずいた。彼女の顔は痩せていたが、笑みは美しかった。

入院して一年半近くたったころ姪の体はさらに細り、痛みどめの注射によって眠ってばかりいた。あれほど好きだった教科書も開く力がなくなり、眼をさますと痛みを訴えつづけた。医師が両方の肺が溶けてしまったのに凄《すご》い生命力だと言い、次兄夫妻は昼も夜も祈りつづけた。

意識が薄れだしたと聞いて、ぼくは病院へ駆けつけた。意識がもどった一瞬、姪が弱々しい声でうわ言を言った。

「からだが浮く、からだが浮く。お母さん押さえて」と叫んだ。それから彼女は小声で「死にたくない」と言って息を引き取った。ぼくは息が詰まり、天をあおいだ。

あれから四十五年ほどたったいまなお、書斎に貼ってある予定表を見ると十八歳の姪の「死にたくない」と言う声が耳の奥によみがえる。そして重い羞恥《しゅうち》が生まれる。

二十歳ごろぼくは文選工で働きながら大学の通信教育を受け、小説を書いて同人誌を出していたが、すべてに自信がなく、挫折《ざせつ》の不安に怯えていた。劣等感と自己嫌悪に苛《さいな》まれて前途が見えず、一瞬にしろ生きていたくないと思ったことがあったからだ。深く恥じる。

しかし遅すぎではあるが、いまぼくは、生きたくても生きられなかった姪から、俺は生きてきただけでいいのだ、と自覚することを教わったことに気づく。

好きな言葉

若いころはけっこうはしたない言葉も口にしていたくせに、自分が年をとって若い人の同じ状態を見ると眉をひそめる傾向が、ぼくにあって情けない。

かといって年寄りになったいま自分がちゃんとした物言いをしているかとなると、まったくそんなことはないのだから往生《おうじょう》する。ぼくは自分に甘い。これも老化だろうが、使う言葉や好みの言葉は育ちの質にも関係ありそうだから、厄介だ。

ぼくの父母が亡くなったときいただいた弔電に「ご尊父様《そんぷさま》」「ご母堂様《ぼどうさま》」という言葉があって途惑《とまど》った。福島県から北海道へ出稼ぎにきて炭焼《すみや》きをしていた父母を「父《とう》ちゃん」「母《かあ》ちゃん」と呼んで育ったぼくの中に「ご尊父様」「ご母堂様」という語彙《ごい》はないのである。外聞《がいぶん》が悪いがトーチャン、カーチャンがいい。

三十年ほど前の日本人が好んだ言葉は「努力」「誠実」「ありがとう」「思いやり」「愛」などだったと聞くと、ほっとする。また当時の高校生が好んだ言葉は「夢」「愛」「友情」

「努力」「根性」「誠実」「忍耐」「あなた」だったそうで、なるほどと思う。そしてそのころ高校生が嫌った言葉は「あんた」「おまえ」「お宅」「馬鹿」「根性」「いじわる」「スイマセン」だったそうだ。「根性」が高校生の好き嫌いの両方にあるのには、いささか考えさせられる。

同じころのフランス人が好んだ言葉は「水晶」「マヨラナの花」「愛」「お母さん」「つぶやき」「オーロラ」ということで、国柄、風土、歴史、生活が違うと言葉の好みも違うようだが「愛」だけは人類共通のようで非常に興味深い。

子供のころあまり上品でない言葉を口にしていたぼくが、いまの世の中で耳にする言葉についてああだこうだ言えたがらではないが、気にはなる。

先日、本州のある駅のホームで汽車を待っていたとき、ぼくの前に並んでいた若い女性が、入ってきた新幹線を見て「カワイー」と叫んだのには驚いた。

いつか友人にポルトガルで食べた鰯《いわし》がおいしかったと話したとき彼に「ウッソー」と言われて、一瞬どうしていいか混乱してしまった。それでつい「本当だよ」と言った。

友人は単に相づちをうったつもりかもしれないが、ぼくには「嘘つくな」という言葉に聞こえるのである。ま、ぼくみたいに時代の速さについて行けず一周遅れの考え方しかできない人間は、言葉の変化にも対応できにくいのだろう。

年をとってからとくに嫌いだと意識しだした言葉は「傲慢」「妄想」「猜疑《さいぎ》」「うぬぼれ」「怠惰《たいだ》」「嫉妬」で、出合うとすぐ眼をそむける。なぜならこれらの言葉は昔からぼくの中に棲息《せいそく》しつづけていて、ちょっとでも油断すると姿をあらわしてくる、きわめていやらしい存在だからである。

「出世」「名声」「おカネ」「地位」「有名」という言葉に出合っても、たじろぐ。なにしろぼくは若いころからこの言葉が欲しくて、長いことじたばたしてきた見苦しい経緯があるからだ。八十歳間近のいまは、もう見たくもない。

さて好きな言葉はまずは「男」「女」「父」「母」「連れ合い」である。辞典によると「男」は田んぼに力と書き、耕地で力を出す働き手なわけで、ぼくみたいに水田や畑に入らず机に向かって字などを書いている軟弱な者は男とは言えないと解釈でき、この字はぼくに激しい反省をうながしてくるのである。「女」はいかなる説明も必要とせず美しい言葉である。「父」の字は右手に鞭《むち》を持っている様子だそうでうろたえるが、家族を率《ひき》い教える意味と辞典にあるから、鞭を愛と考えて安心することにする。

「母」は女性が子供を抱いている形の文字ということのほかに、女に二つの点を加えて乳房の形をかたどったという説もあるそうだが、いずれにしても美しい言葉である。「連れ合い」は他人同士が夫婦になって自我をぶつけ合い、妥協し、慈《いつく》しみ合いつつ連れ添って生涯を共にする光景で、これまた美しい言葉である。

年寄りになった現在のぼくの好きな言葉は「謙虚」「自制心」「高潔」「誠実」「知性」「寛容」「上品」である。こういうとぼくが年老いて改心し、いかにもちゃんとした人間になったように誤解されそうだが、実際は逆である。

ぼくの中にはいつもこの言葉と正反対のでたらめな心がひそんでいて、用心を怠ると一気に不誠実が姿をあらわしかけるのである。だから必死にこの言葉にすがるのである。

もともとぼくは自分勝手な性格だから、いい言葉にしがみついても当てにはならない。ならないが何とかしたいとは思う。それでこれにさらに「奥ゆかしさ」「慎み深さ」にもう一つ、生きてゆくうえで最も大切な「思いやり」の三つを動員させて、自分をどやしつけたい。

こうしていやらしい本心をうまく隠して他人の眼をくらまし、なんとかかたちだけでも「あいつはたいしたやつではなかったけど、まあまあだったな」と思われたい。ぼくは見栄を張って生きたい。

遅刻

当然のことだが講演に出掛けるとき最も注意することは開演時間に遅れないことである。ぼくなんかの話を聞いてくださるためにほかの用を取りやめてきてくれる人もいるかもしれないのだ。とにかく時間には会場にいなければならないのである。

島根や九州、四国や和歌山へ出向いたときは前日のうちに現地へ行った。もし当日に台風などで飛行機が飛べなかったりする場合を考えての用心である。

ある冬の二月であった。汽車で五時間近くかかる都市での講演に飛行機で行くことにした。一泊して帰宅した夜に別の用があるための、こっちの都合である。

講演先は建設や流通、商業などの会社の中間管理職の研修ということで、夕方の六時から一時間半ほど話す予定になっていた。時間に余裕をもたせ札幌を午後一時半出発の飛行機にする。四十分ほど飛行して着陸したあと、バスかタクシーで行っても会場のホテルには四時には着けるはずであった。

飛行機が滑走路を動きはじめると機内放送が、現地の天候は小雪だと言った。ところが四十分後に現地の上空に着くと強風で降りられないから、しばらく上空で待機するとのこと。三十分ほど旋回していたが風がおさまらないから、いったん出発空港へ戻るとの機内放送があって、ぼくは慌《あわ》てた。腕時計を見ると三時半だった。

乗務員に様子を聞くと、一度戻り、こっちの風がおさまるのを待って再飛行するということである。焦ったが飛行機の中ではどうしようもなかった。

出発空港へ戻ったあと、ぼくは講演の主催者に電話をして事情を話した。時計は四時半になっている。主催者もどう判断していいかわからないという口調で「とにかく飛行機が飛び次第きてください」とだけ言った。

午後六時、飛行機は再出発した。しかしぼくはひどい混乱の中にあった。予定どおり行っていたら講演を始めた時間なのだ。このまま遅れるとぼくが会場へ着くのは七時半近くで、講演を終える時間になる。だいたい会場にいる百二十人の聴衆の方々はどうするのだろう。まさか一時間半も待つはずもないしと、ぼくは心配で心臓が痛かった。

現地の空港に着くと、出迎えてくれていた主催者にタクシーに押し込められるように乗せられた。ぼくが「講演、中止ですね」と聞くと「とにかく行きましょう」とだけ言う。

そしてタクシーが着いたところが、なんと繁華街にある大きなキャバレーなのにはびっくりした。聞くと、ホテルの会場で七時まで待ったあと百二十人全員が懇親会場のキャバレーに移ったというものだった。

店内へ入るともう宴会が始まっていた。正面の舞台では楽隊が「美しき天然」の音楽を奏で、天井から吊り下がったミラーボールが回転して客席に色の虹を降りそそいでいた。四十卓ほどある客席では客とホステスさんが大声で喋ったり笑ったりしながら酒を飲んでいて、思わず僕は笑ってしまった。これはこれで上等だ、と思った。


ぼくは協賛企業の社長のいる席へ案内され、座るとすぐ「とりあえず一杯」とビールを差し出された。もちろんぼくは大喜びで飲んだ。もうどうでもいい気分だった。

社長の一人が舞台へ上がってマイクを持ち「講師の先生ただいま到着。先生は酒だけ飲むためにきたようですが、なんぼなんでも酒だけ飲んで講師料を受け取るのは気が引けるでしょうから三十分だけ話してください」と言い、場内は笑いと歓声で埋まった。

とにかくぼくは舞台へ上がった。楽隊がやみ、百二十人の客と四十人ほどのホステスさんがこっちを見て、ぼくはたじろいだ。キャバレーでの、それも、華麗なる衣裳で身を飾った大勢のホステスさんの前での講演など初めてだった。だいたい「一人では生きられない」という演題の話など、こういう場にはかなり無理がある気がした。

ともあれぼくは喋った。「生きるとは人とかかわることである。おカネを神にするな」と喋っているとき三人ほどのホステスさんが大欠伸《おおあくび》をするのが見え、ぼくは軽い衝撃を受けた。会場の人々の様子も上の空で急遽《きゅうきょ》、話す内容を変えた。

「愚かな人間は、いつも自分以外の人間を愚かだと思っている。人間は考えない者ほどよけいに喋る。そんなわけで喋るのをやめます。終わり」

こんなあんばいの、ぼくのわけのわからない話の最中、客もホステスさんも酒を飲むのと喋るのに忙しく、誰も話など聞いていなかった。席へ戻るとみんなから、話は聞いてなかったけど短くてよかったとほめられ、ぼくは複雑な気分で酒を飲んだ。

やがて酔った人たちが舞台へ出て楽隊の生演奏で歌いはじめ、ぼくも指名された。もちろんぼくは歌が得意なので飛び出してゆき「風雪流れ旅」を歌った。自分でもうまくいったと思い、客席からも講演のときよりずっと熱のこもった大きな歓声と拍手が起こって、すこぶるいい気持ちであった。

人生、予定どおりいかなくて面白い。

Ⅲ　人生という宇宙

汽車の旅

ぼくは汽車の旅が好きである。車窓から風景が見えることと、ぼんやりした時間をもてるからだが、ときには車内が人と人をつなぐ劇場になるのも楽しみだ。

切符も電話などで頼んだり誰かに買ってもらうことはしない。必ずといっていいほど自分で駅まで買いに行く。駅には出会い、別れ、哀しみ、喜びなど人生の縮図があって、のっぺらぼうになりがちなぼくの思いを立ちどまらせてくれるからである。駅には、ここからどこかへの夢がある。

前もって時刻表で乗る汽車を調べ、たとえば函館へ行くときは海が見える側の席を、帰りは樽前山など山や草原が見える席を選ぶ。網走へ行くときは大雪山連峰が見える席を選ぶのである。駅の窓口で駅員さんにその席を頼みながら乗車は一カ月先なのに、もう気持ちはその旅に出発しているのを感じるのである。

若いころは仕事の忙しさにかまけて汽車は速いほうを、昼間なのに車窓に移り変わる光景をじっくり見ることもなく、本を読んだりエッセイを書いたりした。心に余裕がなかったのだと思う。いまはとてももったいなくて汽車の中で書いたり読んだりしていられない。思えば以前は気持ちが何かに追い立てられ、何かをしないではいられず、いつも何かをしていなくては不安をおぼえ、そういう忙しいのが充実した生き方だと錯覚していた気がする。

車窓である。汽車がとまっていると窓の向こうは静止している感じだが、動きだすと車窓の風景が生命をもってゆっくり立ち上がり、ぼくの中で動きはじめるのである。青空に浮いた雲が流れだし、太陽の光が樹木の枝の間ではじけだす。雨や雪の日は、いままで上から下へ降っていた雨や雪の粒が尖《とが》り、横に吹き飛びはじめるのである。つまり動く汽車が大自然を立体に変えるのである。

夏。青い小麦畑の中を細い農道がまっすぐ向こうの山のふもとまでつづいている。その道を農作業服を着た初老の男がこっちに背を向け、ゆっくり歩いて行くのが見える。いくぶん俯《うつむ》きかげんなその姿が、ぼくの中に靄《もや》みたいな自省を生むのである。

たまに車内が劇場になり、そのほうに眼を奪われて車窓を見る暇がないのも一面、楽しい。

娘の式部《しきぶ》と婿《むこ》の安倍雄也がロンドンで結婚式をあげるというので、ぼくら両方の親四人と婿どのの伯母《おば》の五人が参加した。式がすんだあと、ついでに新幹線でドーバー海峡の下を通ってパリまで行くことになった。この海底トンネルはわが青函トンネルの五十三・八キロに次ぐ世界第二位の長さで、新幹線・ユーロスターは時速三百キロで走る。

朝の九時、新幹線に乗るとすぐ食事になった。ユーロスターの一等車の食事はフルコースで、まず初めにちゃんとした布の手ふきが配られ、次にワインやビールが出てくる。配る人は緋色の制服を着た四十歳くらいの上品な女性と、四十五歳くらいの紳士の二人の客室乗務員である。もちろんコップは紙ではなくグラスで、ワインも白がいいか赤がいいかと聞いてからくれるのだから豪勢なものだ。

乗務員が何度目かに弁当を配りにきたとき、女性乗務員の手がぼくらの婿どのの母親の腕と触れ合った。すると女性乗務員は立ちどまり、母親に「あなた力が強い。カラテかジュードーやってるの?」と言った。もちろん笑いながらでの冗談だ。カラテとジュードーは日本語で、あとは英語なのだが豊かな表情と言葉の調子でよくわかった。母親が笑いながらノーノーと言うと、乗務員の女性は食べ物などを載せている台車から手をはなしてこっちを向き、「私は日本の柔道や相撲が大好きです」と言った。

それから通路で両脚を軽く開いて中腰になると「スモーは大好き」と言いながら、なんと大相撲の力士がやるようなかたちの四股《しこ》を踏んでみせたのである。脚を右左、右左と二回も上げおろした。

これには驚いた。車内の乗客が笑い、横にいる男の乗務員も配る手をとめ、突っ立って笑いながら淑女《しゅくじょ》がシコを踏むのを見ていたのだった。

新幹線・ユーロスターの一等車の通路で、満員の乗客の前で中年の英国女性乗務員が腰を落としてシコを踏むのだから、凄《すご》い。本当にびっくりした。これだから汽車の旅は楽しくて、こたえられない。

年をとったいま、ぼくは車窓の向こうに風景がなくても心豊かである。何もせず席に深々と身を沈め、ただぼんやり過ごすときに、いのちの充足を感じるからである。

できれば何も考えたくないが、もしどうでもいいような考えが次々と浮かんできたら、ぼうっとして、その流れにまかせることにしている。汽車での旅は、とにかくゆったりとして手持ちぶさたで、退屈していたい。人生で、これ以上の贅沢はないからである。

橋の上で

調べもののため書棚を搔《か》き回していたら、表紙が茶色く日焼けした『アポリネール詩集』が出てきた。堀口大學訳の創元社刊。昭和二十八年発行で定価は二百八十円。著者はギィーヨーム・アポリネールである。ぼくが二十六歳、東京に住んで三年のころで、あるとき親しくしていた友人が持っていたのを、頼んでいただいたものである。いまなお、この本を手に入れたくなった動機をおぼえている。

二十四歳の時勤めていた北海道新聞の転勤で札幌から東京へ移り、休みの日など安アパートで下手な小説を書いて自分で出した同人雑誌に載せたが、ろくなものが書けなかった。自分の非才さに失望しかかるのを酒と乱読で必死にもちこたえた。給料はアパート代と食費と同人誌発行代に消え、下着もワイシャツも買えなかった。二足しかない靴下は洗濯機などないため洗わず履《は》きつづけるから、脱いでも汚れと脂《あぶら》のため形が崩れず履いているときの立体的な形で床に立つのだった。

何もかもに自信がなかった。しかし気持ちはへたばるまいと気負い、やみくもに文学座や俳優座の舞台を見た。奈良岡朋子や東山千栄子、加藤武、芦田伸介の芝居を見ていると一時《いっとき》、自分が炭焼き小屋《すみや》生まれの貧農育ちで不学だということも忘れ、文化的な人間と錯覚するので気持ちがささえられた。しかし次の日にはまた劣等感にまみれ、俺《おれ》、三十歳まで生きられるか、と思ったりする。

ぼくの勤め先がある銀座七丁目の並木通りのすぐ近くに、「銀巴里《ぎんぱり》」という主にシャンソン歌手が出演する小劇場があった。あるときその前を通ると看板に高英男《こうひでお》と金子由香利《かねこゆかり》が出ていると書いてあった。パリから帰国したばかりという金子由香利という人は知らなかったが、高英男が歌う「雪のふるまちを」は知っていたので聴きたかったが、入場料を書いてないので心配だった。雪のない東京へきて数年たち、雪のふるまちが札幌と重なっていたのだろう。

ぼくは思いきって会社へ戻り、経理課から給料を三千円前借りして「銀巴里」へ入った。柄《がら》でもないと思う不安で心臓が痛かったが、とにかく懸命に客席へ入った。正面に舞台があり、手前の客席にはいくつものテーブルと椅子が並んでいて、飲み物と軽食をとりながら舞台を見る仕組みであった。

ぼくはメニューの一番安いものを選んだ。オレンジジュースで八百円だったが、ぼくの給料が二万円くらいのときでジュースの八百円は安くなかった。しかしそれで入場料を払ったことになると聞いて安心した。

思ったとおり高英男の「雪のふるまちを」は、大都会へ出てきた田舎者のぼくの心情で、一瞬、泣きそうになったりした。聴いてよかった、と思った。しかしその次に金子由香利がアポリネールの「ミラボー橋」という詩の一行目「ミラボー橋の下をセーヌ川が流れわれらの恋が流れる」からはじまる朗吟《ろうぎん》を聴いたとき、ぼくは金縛《かなしば》りにあったように体が硬直した。恋愛のむなしさを詩という韻《いん》をふんだ文の力と吟詠《ぎんえい》の声や技能で表現しているらしかったが、ぼくは人生の儚《はかな》さのうたと感じた。人生の無常をうたっている気がするのに、ぼくは逆に自分の中に激しい生命力が沸き起こるのをおぼえた。俺みたいな劣等人間にも居場所がありそうだ、と思ったのである。文学の力を感じたのである。ギィーヨーム・アポリネールの詩集を手に入れたのは、その次の日だった。

やがて信州生まれの女性と出会い、なんとか結婚できた。

それから四十六年たった二〇一二年五月、ぼくは妻とパリへ出発した。それまでの何度かのパリ旅行は、いつもオルセー美術館やルーブル美術館、モーパッサンの生地《せいち》をめぐることが多かった。ただいつも気持ちの底に小さな忘れものをしている感じが残り、今回はミラボー橋の上に立つためだけの旅にした。

セーヌ川遊覧の船をエッフェル塔そばで下船。川の岸辺をミラボー橋に向かって歩く。セーヌ川の流れはおだやかで船が行きかい、岸に並ぶ船の上では人々が寝そべって本を読んだり日光浴をしたり野菜や花を作っていた。

妻と二人で一時間半ほど歩き、ミラボー橋に着いた。古びた橋だった。有名な橋だから綺麗《きれい》だろうと思っていただけに、びっくりした。しかし恋の儚さと人生の哀歓をうたったアポリネールの詩のこころをそのまま残している風景ともいえた。

ぼくは橋の中ごろに立ち、しばらく青い空と青い川を見ていたあと上着を脱いだ。後ろを通行人が橋を渡っていた。ぼくは両手を腰に当てて背筋を伸ばすとセーヌ川に向かい、声高《こわだか》にアポリネールの「ミラボー橋」の詩を朗吟したのである。札幌を発つ前に四章までの二十四行を暗記してきていた。

「二人の腕の橋の下を　疲れた無窮《むきゅう》の時が流れる」「日が去り　月がゆき　過ぎた時も昔の恋も　二度とまた帰って来ない」とうたいながら、ぼくは頭も心もからっぽだった。

四十六年間、仕方なくぼくについてきた妻は、夫の突然の行動にたまげたらしく橋の隅《すみ》へ行き、ぼくとは他人のふりをしたそうな様子だったが、優しい風情だ。偉才・アポリネールは三十八歳で死亡、彼の詩に惹《ひ》かれて青春を越したぼくは、凡人《ぼんじん》のままだがいま七十五歳になっていた。人生は、みな思いがけない。

人柄

四十歳のころ、やっと「新潮」や「文藝」「すばる」「海」「文學界」などの文芸雑誌に書かせてもらえるようになり、札幌に住んでいたぼくのところへ東京からたくさんの編集者がきてくれだした。小説やエッセイの依頼や単行本の出版打ち合わせなどである。ただ、それらの多くは電話や手紙ですむことに思え、ぼくはわざわざこなくてもいいからと言ったが、ほとんどの編集者が、やっぱり作者に会わないと、と言った。飛行機できて札幌に二、三泊するのである。光栄に思った。

ただなんとなくだが、女性の編集者が多い気がしていた。ほかの物書きのところへ行く編集者のことはわからなかったし、出版社の編集者が男より女性のほうが多いのかどうかも知らなかったが、とにかくぼくのところは女性が多く思えた。

当然ぼくは気をよくしていた。ぼくはいまよりもっと考えが粗雑で愚かだったから、なんの根拠もないのに、自分の人柄が悪くないから女性編集者が好意をもってきてくれている、と思っていた気配を感じるのである。

あるとき「文藝」に書いた小説のゲラ校正で東京へ行き、仕事のあと編集長の高木有と飯田橋《いいだばし》の小料理屋で飲んだ。少し酔った編集長が「コヒヤマさんの担当、女性が多いでしょう」と言って笑った。ぼくは照れて「いやあ感謝してます」と言って笑った。

すると編集長は「コヒヤマさん、ひどく嬉しそうだけど、東京の女性編集者が札幌へ出張したがるのは、ただ北海道のおいしい食べ物を食べたいからだけなんですよ。みんな北海道の作家の担当になりたくてジャンケンで決めているんです。つまり北海道の物書きだったら誰でもいいんです。コヒヤマさんでなくても。食べに行くんですから。ウニ、毛ガニ、イクラ、トウモロコシ、ジャガイモ、イカ、ラーメン。できることなら私だって編集部ごと札幌へ移ってしまいたいですよ。食べ物がうまいから」と笑った。ぼくは思わず「やっぱり」と天をあおいだ。なんともきまり悪い気分だったが、納得だった。

だいぶ前、ある機関が大都会に勤めている人に希望する転勤先を聞いたところ、第一に多かったのが札幌で、二番目が福岡だったというのを読んだ。一つの調査だから正確かどうかはわからないが、本州の大都市の人が札幌に憧《あこが》れるのは食べ物のほか北海道の大陸的な大地と風土、自然の大きさや鮮明な四季、街並みや花の美しさと聞く。そうだろうと思う。ただ北海道人のぼくとしては人柄のよさも加えたい。

かつて本州から食いっぱぐれてきた人々が寒さと貧困に耐えて短い期間に広大な土地を開拓しえたのは人々が助け合ったからだと、ぼくは考える。苦しいゆえに自己主張をおさえて相手の意見を聞き合い、妥協し合うことで古い因習や歴史観など封建的なものが消えて自由と平等が根づき、おおらかさが育ったと思うのである。そんなぼくだから、古い土地柄の福岡のどういうところが人をひきつけるのか興味をもったのかもしれない。


少し前、転勤で福岡に住んでいる息子に会いに妻と出掛けた。ついでに菅原道真《みちざね》をまつってある天満宮《てんまんぐう》を見ようと、鹿児島本線の電車で太宰府《だざいふ》へ向かうことにした。案内書も地図も持っていないため、博多駅でホームや乗る電車を間違えるなど、しばらくうろうろしたあとやっと普通電車に乗った。車両には客が六人しか乗っていなかった。

妻が「この電車でいいのかしらね」と不安がる。電車はまだ発車しない。妻が向かい合った席に座っている二十歳くらいの女性に「この電車、太宰府へ行きますか?」と聞いた。すると女性は黙ったまますっと立って開いている電車の扉からホームへ出て行ってしまった。ぼくは、ああ、見知らぬ人にかかわりたくないのかもしれないな、と思った。いままで何度か体験したことがあるのだった。

ぼくらの隣に掛けていた中年の女性が「次の駅で特急に乗り換えて三つめの駅で降り、太宰府行きの普通に乗り換えるといいですよ」と教えてくれる。

気づくと、電車から出て行った若い女性が、伸び上がって電車の屋根近くについている行き先表示板を見上げている姿が見え、そのあとすぐにどこかへ走って行った。間もなく彼女が車内へ戻ってきてぼくと妻に「大丈夫ですよ、この電車、太宰府へ行きます」と言ったのだ。走って駅員か誰かに確認してきたものなのだ。

これにはぼくも驚いた。少し前、見知らぬ人にかかわりたくないからなどと思った自分の軽率《けいそつ》さを、深く恥じた。そのとき斜め前にいた六十歳くらいの女性もわざわざ立ってきて「急がないのでしたら、このまま乗ってると太宰府へ着きますから」と笑顔で教えてくれた。ところが、ぼくらの様子を見ていたらしい、一つ隣の車両に座っていた初老の男性が立って歩いてくると「何？　どうしたの」と聞いた。そしてさらにくわしく天満宮への行き方を教えてくれた。

なんと近くにいたほとんどの人が寄ってきて旅人のぼくらに話しかけ、こまかく教えてくれたのである。たまげてしまった。

そのときぼくは、どうして人々がこの土地へ来たがるのか、わかった気がした。

歌の旅（I）

カラオケで歌うというと、人によってはぼくのことを、この男はたいしたやつではないな、と見下げた顔つきをされることがあるが、ぼくはひるまない。歌う習慣はコヒヤマ一族の血統で仕方ない。子供のころから夕食のとき、父母や二人の兄たちがドブロクを飲みながら家族みんなで「赤城《あかぎ》の子守唄」や「湯の町エレジー」を歌っていたのだ。電気もきていない山奥の石油ランプの生活では、歌でも歌う以外にすることがなかったのだろう。すばらしい過ごし方だ。

ぼくは小さいときから歌は下手だったが、二十歳のとき一瞬、歌手になりたいと思った。理由は有名になりたかっただけである。歌手はビカビカの衣装で身を飾り、大勢の人にもてはやされ、たくさんのおカネが入ってきて、女性にもてると聞いていたからだ。

小説家は無理だから、だったら何でもいいから有名になりたいと思ったのである。軽薄な男であった。ぼくは半日で歌手を諦《あきら》めた。歌が下手で顔の造作《ぞうさく》が悪すぎては無理であった。それでその後、自営の歌い手としておカネを払ってカラオケで歌っている。人の悪口を言ったり、カネもうけの話をするより、ずっとましだと思っている。

いつのころからか講演や執筆に訪れたところで、その土地を題材にした曲を歌うようになり、網走の「網走番外地」から鹿児島の「薩摩《さつま》の女」まで百カ所近くで歌ってきた。そして最近は好きな歌のある土地へ妻と二人で歌いに出掛ける。

ぼくが最も得意とする「宗右衛門町《そえもんちょう》ブルース」を歌いに大阪へ行き、道頓堀《どうとんぼり》の屋台でたこ焼きを、法善寺《ほうぜんじ》横町でお好み焼きを食べたあと、おでん屋へ入ってダイコン、コンニャクを食べながら女将《おかみ》さんに値段が安くて歌えるスナックを聞く。するとすぐ向かいにいい店があるからと電話をかけてくれ、三分ほどで若い女性が迎えにきた。

彼女について妻と二人でSというスナックへ入ると、十人ほど座れるカウンターだけの店でママと迎えにきた女性でやっているという。挨拶がわりに、札幌から「宗右衛門町ブルース」を歌いにきたと言うと「まさか、ホントニー?」と笑う。「ホントホント」とぼくも笑った。ママが「おカネもちなのね」と言い、ぼくは「冗談きついねえ、年金はたいてやっときたんだから」と言う。

すぐに若い女性が曲をかけてくれてぼくが歌う。ぼくはこの曲だけを五百回は歌っているから自信がある。うまいという意味ではない。回数をこなしたぶん、何だかわからないが自信があるのである。

妻が「大阪ロマン」「こいさんのラブコール」を歌い、その間にぼくは「宗右衛門町ブルース」を九回歌った。ぼくはどんどんビールを飲み、二人の女性にもすすめるとママが「そんなにたくさんおカネ使わなくていいから。私たちは自分用の水割りを飲むから」と言う。その言葉が気に入り、ぼくは二人にどんどん好きなものを飲むようすすめる。

その半年後、「思案橋《しあんばし》ブルース」を歌いに長崎へ行った。Sという居酒屋で「ひらず刺身」や「緋扇貝《ひおうぎがい》」「ジャコ天」を食べ、そこの店長に聞いた中年の女主人と若い女性でやっているAというスナックへ入る。

女主人にどこからきたと聞かれ、「思案橋ブルース」を歌いに北海道からきたとこたえる。女主人が「わざわざ?」と聞き、「もちろんわざわざさ」とこたえる。彼女が「豪勢ねえ」と言い、ぼくは「とんでもない。その日暮らしの貧乏人さ。ただ思案橋という文字いいねえ。橋にもたれて、どうしたらいいかいろいろ考える風景、人生があるねえ」と言った。女主人がぼくを見、「嬉しいこと言ってくださる。さ、じゃんじゃん長崎を歌って」と笑う。

妻も「長崎ブルース」「長崎は今日も雨だった」など六曲歌い、ぼくは最後に吉田《よしだ》佐《たすく》が作曲した長崎の出てくる「中の島ブルース」を歌った。吉田はぼくと同じ滝上《たきのうえ》出身の同級生で、札幌でもすぐ近くに住んでいる。

妻が「釜山港《プサンこう》へ帰れ」を歌いに行こうというので韓国へ出掛けた。この歌は二十年前、韓国の大学の助教授が札幌の大学へ留学していたとき、ハングル語でぼくが教えてもらったものだ。彼は卒業論文にぼくの小説『光る女』を選び、ぼくが「あんなものを卒論にして卒業できるのか」と笑うと彼は「ダイジョウブ。ここの大学を卒業できただけでなく、この論文で韓国の大学の教授にもなれるんだ」と笑った。

ぼくと妻は札幌から博多まで飛行機で行き、博多から高速船「ビートル」で玄界灘《げんかいなだ》を渡った。もちろん船の中で田端義夫《たばたよしお》の「玄海ブルース」を歌った。

釜山に着き、高級クラブなのに飲み放題、歌い放題で一人日本円で三千円という安さのカラオケで三時間歌った。

歌う話をしているうちに気づいた。こんなことをしているのは歌が好きだからというだけではないのではないかということだ。ぼくの中に巣《す》くいつづける、ここよりほかのどこかへ出発したいという、夢の世界へ向かう助走ではないかという思いだ。

歌の旅（Ⅱ）

いま、ぼくが聴く歌は、ちあきなおみとサラ・ブライトマンだけだが、自分で歌うのは演歌が多い。

ぼくと妻はほとんど毎日の昼間、散歩をするが、歩いている途中、昼間にカラオケをやっているスナックがあると入って二曲ほど歌って出てくる。妻はおもに歌曲。頭と体が活気づく。ぼくが歌で一番好きなのは、いまから百五年前に作られた高野辰之・作詞、岡野貞一・作曲の「故郷《ふるさと》」、いわゆる「うさぎ追いしかの山」だが、この歌はあまりにもすばらし過ぎ、歌のほうが歌う者の心のありようを選択するような気がして、とてもカラオケで高声《たかごえ》で歌う気にはなれない。

毎朝ではないが、妻は台所で味噌汁の具を刻みながら、ぼくは寝間着を着替えながら、それぞれ鼻歌を歌うのを四十年つづけている。童話や唱歌が多い。べつに仲むつまじいわけではなく単なる癖《くせ》である。

昨年のぼくの誕生日、妻が「誕生祝いに歌いに行こう」と言うので「どこへ」と聞くと栃木県の日光市だという。少し前、日光市今市《いまいち》の道の駅に作曲家・船村徹記念館ができて、そこへ行くとカラオケで歌わせてくれるのだという。彼はその近辺で生まれたそうだ。妻はぼくが船村徹の作品を好んで歌うことを知っていての提案なのだ。

それですぐ四日後の二〇一八年四月十九日、二人で出掛けた。まずは、ぼくがいま最も集中している彼作曲の「なみだ船」を歌いたかった。この歌をぼくは、オホーツク海の漁師哀歌と理解している。

思えばこの四十年間、旅先で歌った場所は金沢で「加賀の女」、博多で「博多の女」、鹿児島で「薩摩の女」はじめ、仙台、秋田、広島、和歌山、沖縄、フィリピン、北京、ハルピン、大阪、釜山と数えきれない。

ともあれ旅先で歌うのは講演や取材が終わって酒を飲んだあとが多い。同席するたいがいの主宰者や編集者は、ぼくには酒を飲ませて歌わせておけば機嫌《きげん》がいいと思っているようなので、ありがたい。

だからといって酒席のあとはいつも歌がいいと思っているわけではない。話題が豊かで会話が面白ければ歌なんか歌う必要はない。ぼくが酒の席で一番嫌いなのは自慢話と他人の悪口とおカネの話である。

ぼくにはおカネも学も名声も地位もなく、自慢するものが何もないから他人の自慢話も聞きたくない。また自分が悪口を言われるのも気分が悪いから、あまり人の悪口を言わない。おカネにかかわる話題は、往々《おうおう》にして品位を損《そこ》なう。同座の話題がそういう感じになると、ぼくは気分が滅入《めい》り、「歌なんか、どお」と歌に逃げ道をつくるのである。

ヨルダンのジェラシュ遺跡・古代の野外円形劇場に入ると観光客相手の三人組楽隊がいた。心付《こころづ》けを渡すと、バグパイプ、スネアドラムふうの小太鼓ほどの楽器でヨルダンの民族音楽らしい曲を演奏してくれた。ぼくはその曲と関係なく「函館の女」と「湯の町エレジー」を音楽に合わせることなく歌った。三人の楽隊は、すこぶる喜んでくれた。

パリのオペラ座そばのホテルに滞在、近くの雑貨屋へ妻と果物を買いに行った。店へ入りながらぼくは、つい癖の鼻歌で「奥飛騨《おくひだ》慕情」を歌ってしまった。すると店の番台にいた五十歳くらいのフランス人の男の店主が、ぼくの節《ふし》に合わせるように真似て鼻歌を歌いだしたのである。これには驚いた。

それから滞在中、ぼくと妻は毎日その雑貨屋へ水やバナナやテキーラを買いに行ったが、そのたびに店主は笑いつつ、うろおぼえの節で「奥飛騨慕情」の曲を鼻歌で歌ってくれたのである。感激だった。パリを去る日、ぼくと妻はその店主に別れの挨拶をしに寄った。

千歳からの飛行機を羽田で降り、東京駅からの新幹線を宇都宮でJR日光線に乗り換えた。山間《やまあい》の村を通るうちに気づいた。風景が、ぼくの生まれ育った滝上《たきのうえ》の山村に似ているのだ。船村徹の作品の底流をかたちづくる精神風土の原点が彼が生まれ育った栃木の山里にあって、その心想《しんそう》にぼくが共鳴していることに気づいたのである。したがって作品の抒情や情念も、作者の生まれ育った自然の景趣に源《みなもと》を発する、とも言えそうであった。

船村徹記念館の三階が歌道場というくつかのカラオケ室になっていた。ぼくと妻は二十畳ほどの部屋へ入り、当然、船村徹作曲のものだけを歌うことにする。まずは声ならしにぼくが最も得意とする「風雪ながれ旅」をかける。

一段高いステージに立ち、歌いだして驚いた。音響も残響も抜群によく、俺はこんなにうまかったのかと思ったくらいである。自分の歌が上手に聞こえるのはたいへん気分のいいことである。

妻が「紅《あか》とんぼ」を。ぼくは「兄弟船」「別れの一本杉」を。妻が「矢切の渡し」「柿の木坂の家」。ぼくは「あの娘《こ》が泣いてる波止場」「宗谷岬」と二時間ほど歌いつづけた。もちろん、いま最も力を入れている「なみだ船」を五回歌ったことは言うまでもない。何の問題もないのであった。

わが殺風景になりがちな老骨《ろうこつ》の日々、さしずめこの方向で切り抜けるつもりである。

ゴリラが見る先

ぼくはゴリラが好きである。三十五年ほど前、ものを書くのに行き詰まると、ときおり妻を誘って札幌の円山《まるやま》動物園へ通ってきた。カバやトラやヒョウなどをひととおり見たあと芝生に座って味噌おでんを食べながら缶ビールを飲んで、ひと息いれる。

ゴリラだけは最後に会うためとっておく。ゴリラにたいしてはいろいろな意味で人間に近いという畏怖《いふ》をおぼえるため、見るという言い方は失礼な気がして会うと考えていた。ゴリラは夫婦で、夫はゴン、妻はメリーという名前だった。

晴れた夏空の下でのビールなのに気分がそう明るくないのは、キリンやシマウマ、ライオンやゾウなど、みな暖かい赤道近くからこんな北の寒い北海道へ連れてこられて可哀想《かわいそう》だと思うからだ。何よりも広いアフリカの大草原で束縛されず自由に暮らしていたのに、いま鉄の柵で囲った狭いコンクリートに閉じ込められ、自由を奪われていることにもひどく同情してしまう。

ゴリラ館を囲う鉄柵の外側では、いつも百人ほどの見物人が中のゴリラを見ている。どういうわけか中のゴリラも、じっと鉄柵の外の人間を見ているのである。

そしてぼくはいつもゴリラの視線が自分にだけきているように感じて、うろたえる。もちろん思い過ごしだろうとは思うが、なぜそう感じるのかわからない。

そのうち自分がゴリラを見ているのではなく、こっちがゴリラに見られている気がしはじめ、ひどく不安で落ち着かない気持ちになって眼を伏せるのだった。

いろいろな書物でゴリラについて知るたびに、自分がゴリラに後ろめたさをおぼえる理由が少しずつわかってゆく気がする。

類人猿であるゴリラはサルよりも遺伝的に人間のほうに近い関係だそうだ。われわれヒト類と同じ霊長類であるゴリラは手や足に平《たい》らな爪と五本の指があって、親指はほかの指と離れていて物を握ることができる。二つの目は前方を向いていて色を見分け、精神や感覚をつかさどる大脳が非常に発達して知能が高いというのである。

しかしゴリラは自分の意思を訴えるときは手で自分の胸を叩くだけだが、人間は自分の考えを押し通すために銃や爆弾や核兵器を使う。ゴリラは草食で性格は温和で家族単位の集団生活をするが縄張《なわば》りをもたず、共通の土地を自由に移動しながら他の集団との衝突を避けつつ、食べ物を得たり寝起きしているという。

ゴリラ同士は手の甲を接触させたりお互いの顔をしっかり見合ったりして挨拶するそうで、そこは握手などで挨拶するわれわれ人間と同じだが、最近のわれわれ人間は直接相手と会いもせず、顔も見合わせず電話などで挨拶や話をすませている。

本来、人と人のかかわりは直接会って顔を合わせ、目を見つめ合って生《なま》の声で言葉を交わして心と意思を通じ合わせるのが、ちゃんとしたありかただと考えるぼくにとって、機械を使って心が通じていると錯覚しているいまの人間は、相手にたいする誠意と真摯《しんし》さにおいてゴリラに劣る。

ある夏、ゴリラが屋外の運動場に出ていて、ぼくと妻は柵の外に立っていた。夫のゴンはコンクリートの床にあぐらをかいて座り、身動き一つせずじっとぼくら見物人を見ていた。妻のメリーはゴンの少し後ろに座っていた。ゴンの無表情な目は、やはりぼくだけを見ている気がして緊張した。その目が「一千万年くらい前の大昔、おまえと私らゴリラは同じ先祖だった。それは知ってるだろ。やがておまえらがアフリカの森を出てって地球上に広がり、戦争で殺し合い土地を奪い合って地球を破壊しつづけてる。友を誹謗《ひぼう》、中傷し、友の不幸を喜びにし生きがいにしているだろ。それ退化っていう。逆に私らゴリラがずっと地球の自然を壊さずにきたのを進化という。これ、名声やカネをほしがってるおまえにはわからんだろ」とぼくに言っているように思えた。

やがてゆっくり立ったゴリラのゴンがこっちに背中を向け、右手で足元をさぐった。いきなりゴンがぼくらのほうを向くと、右手を腰の後ろへ隠すようにして五、六歩、走ってきた。眼を大きく見開き、きつく嚙《か》んだ白い歯が見えた。

ゴンは立ちどまるとソフトボールの投手みたいな下手投げの動作で素早くこっちへ向かって何か投げた。黒い塊が一直線にぼくのほうへ飛んできた。糞《ふん》だ、とわかった。ぼくと妻はワッと言って頭をかかえ、しゃがんだ。頭上を黒い糞が後ろへ飛んで行った。

ぼくらはそそくさと柵を離れながら自分の無神経さと愚かさを恥じた。ゴリラが見ていたのはわれわれ人間の愚かさだったと思う。平気で他人をあざむき、殺し合い、憎み合い、地球を破壊しつづけ、他人の不幸を喜ぶなど、退化しつづける人間にくらべ、ゴリラはずっと先を進んでいるように思える。

その後ぼくは二度とゴリラの檻へ近づくことはなかった。

カカオ豆

若いころのぼくは街を歩いていてチャリンと硬貨が道路に落ちる音がすると、思わず音のしたほうを振り向いてしまった。自分が落としたおカネでないことがわかっているときでも音のしたほうを見てしまったのだ。お里が知れる動作で情けない。

一応、人間の価値はおカネのあるなしとか名声、地位じゃない、持っている理想、理念、他人への思いやりの大きさと社会とのかかわりにおける心の広さ豊かさだと思っているのに、このざまだ。

もっともらしいことを言いながら、もしかすると自分の無意識の底には、心、心といっても、やっぱりカネにはかなわんのかなあ、といういかがわしい気持ちが潜《ひそ》んでいるのかもしれず、ますますもって恥ずかしい。

おカネについて話したり書いたりするときには品性が剝《む》き出しになる恐れがあるから用心しなければ、と思っている。とくにおカネに恵まれず縁《えん》のうすいぼくなんかがおカネにあまりこだわらないみたいな言葉を重ねると、負け惜しみか遠吠《とおぼ》えになりそうで閉口《へいこう》する。だいたいぼくは、おカネの手に入れかたにも使いかたにも才能がないほうだから、喋《しゃべ》ったり書いたりに向いていないのである。しかし近ごろの、おカネで買えないものはない、人の心もカネで買える、人間の幸福がカネで買える時代がきたなどと聞くと、なんだ？　と眼を剝いてしまう。眼を剝くが、なるほどそうかとも思う。

おカネで幸せが手に入るなら、それはそれでいいことの気がする。たしかに人々が幸福と考えていることのかなりの部分はおカネで買えるからである。

だが、あり余るおカネがあるわけではない、いくぶん屈折ぎみのぼくは、そういう考え方を素直に認めたくないところがある。やっぱりおカネで買うことができないものがある、そういうものを残しておきたい、と考えたいのである。

先日、マヤの遺跡を見にメキシコをたずねた。マヤ人が密林に都市を造りだしたのがいまからおよそ二千五百年前で、それから二千年たった西暦一五〇〇年ごろ、マヤ人はスペイン人に制圧された。

長いことつづいたマヤ文明は数多くのピラミッド建造、驚異的に発達していた天文学と数学によって作ったマヤ暦の一年が三百六十五日の考えは、太陽暦ができるずっと前からあったそうだ。また数学のゼロというものが発見されたのは西暦六〇〇年前後のインドだと言われているが、それ以前にマヤ族がゼロの概念を発見していたようだともいう。

これほど高度の文明をもつマヤ人が十六、七世紀あたりまで貨幣というものがなかったというから驚く。国全体か、ある地域だけか、すべての期間なのかはわからないが、とにかく長い間、おカネを持たず、人々は自分が作った農作物や、衣服や捕獲した魚や鳥を交換し合って生活してきたらしいのである。

あるとき物をもたずに何かを手に入れたいと考えた人が貨幣のようなものを思いつく。そこで長老や指導者が指示したのがカカオ豆だという。カカオの実の種子でココアやチョコレートの原料である豆を貨幣として使えというのである。理由はカカオ豆だと腐ってなくなってしまうからいいというのだ。

つまり形で残るものをおカネにするのは害になるという論理になる。これにはぼくもたまげた。おカネに価値を与えると人は物を自分で作らず、おカネで物を手に入れるようになる。カネが人間を支配し、人と人の間に差違が生じるのを恐れたに違いない。そしてマヤ人が危惧《きぐ》したとおり現代人はカネを神としてあがめ、カネの奴隷になった。

ぼくはだいぶ前から道路でチャリンと硬貨の落ちる音がしても振り向かなくなった。おカネが足りているわけではない。若いころあったいろいろな欲心が消滅してゆき、つれて自分の評判や見栄《みえ》、カネのことなんかどうでもよくなったのである。自分の夢と張り合う気持ちも静まり、カネなんかその日食うぶんあればいいいと、きわめて投げやりで退行じみた態度だが、気分はいたって爽快なのである。

ぼくが生まれてから死ぬまでの八十数年は時間にしてたったの七十万時間しかない。かりにあと五年ほど生きるとして、たったの四万三千時間しかない。そして今日も二十四時間が過ぎてゆく。残りわずかな余生をどう過ごすか、すこぶる厄介《やっかい》で、かつ楽しい模索《もさく》である。

傘寿《さんじゅ》過ぎの末期高齢者だが書きたいことがまだまだいっぱいあるし、いい本をたくさん読みたい。家族や友人と喋ったり食事をしたり酒をたっぷり飲んだり歌ったりしたい。あちこちの山に登り、あちこちの川でヤマベ釣りをし、広い草原を走り、星空や満月を眺め、あと百回は旅をしたい。考えること、することが多すぎて目眩《めまい》がする。

寿命という時間はカネで買えない。となると、とりあえず酒だ。酒に酔うと先のことなんかどうでもよくなるのが、ぼくのいいところである。それでけっこう、うまくいってきたからこたえられない。

アフリカの広場で

七十歳のとき妻と二人でアフリカのモロッコへ行った。映画「カサブランカ」の中でハンフリー・ボガートが経営していた酒場のセットが再現されているというのを見るためと、映画「モロッコ」の中でマレーネ・ディートリッヒがやったように、ぼくもサハラ砂漠を裸足で歩こうと思ったのだった。ぼくには足の裏の皮膚でその土地の歴史と風土と文化を感じとることができるという思い込みがあって、これまでも新宿や浅草、京都やニューヨーク、ワシントン、ボストン、小樽や札幌の街を裸足で歩いてきていたのだ。

そのあと三つ目の目的である、サハラ砂漠の中のマラケシュという街のジャマ・エル・フナ広場を見に行った。世界で最も賑《にぎや》かな広場と聞いていたからだ。

日暮れ近くぼくと妻が広場へ入ると、五百メートル四方ほどあるそこにはもう何百軒もの屋台が並びはじめ、地面が見えないほどの人々で埋まっていた。あちこちに見物人の輪ができ、中で大道芸や踊りがはじまっていた。

ギターを掻《か》き鳴らす男、アコーディオンを弾く老人、口から火を吹く男。人の輪の中でベリーダンスを踊る女性をのぞくと中の支配人らしい女性に睨《にら》みつけられ、あわてて小銭を渡すと彼女は桃色の歯茎《はぐき》を見せて笑った。足元に投げ銭《せん》入れの空き缶が無い芸人は、見てほしくてやっているからおカネはいらないのだそうだ。

客の手のひらにフェルトペンでライオンやサソリの絵を描いておカネをもらう少女。太鼓を叩く若者。蛇をあやつる男が二十人近く並ぶ。地面にあぐらをかき、笛を吹いてコブラを踊らせている男たちの前にも空き缶がない。

煙草《たばこ》の一本売りが多い。地面に座った初老の男の前にあるミカン箱ほどの箱の上に、二十本入りの煙草が一箱だけ置いてある。客はそこから一本だけ買う。二本買う人はいない。おかしいような哀しいような不思議な光景である。

中年男が大声で客寄せしている横で、十歳くらいの男の子が二人、短パン一つの裸で手にボクシング用のグローブをつけて向き合って立っている。この子供が闘うからどっちが勝つか賭けろと客に呼びかけているらしい。ぼくと妻は眼を伏せてそこを離れた。

青年が地面に小さいヤカンとコップを一個だけ置きミントティーを一杯いくらで売っている。客は小銭を出してコップに一杯飲んでゆく。次にきた客も、その洗いもしない同じコップで飲んでいる。ぼくは何ということもなく感動した。

十人ほどの猿遣いが猿に芸をさせている。手品師が立ってトランプをあやつり、水売りが叫びながら通る。コーラ売り、服売りが通る。地面に座ったカード占い、靴磨き、ガラス玉みたいな首飾りを五個並べた中年女性、爪磨きの女性、奇術師がいる。食べ物や土産物の屋台には人々が群がっている。見物人の中に日本人はいない。五人組の楽隊が歌い、前で男二人、女一人が跳《と》ぶみたいに踊る。これほどの人で埋まる広場を自動車、馬車、リヤカー、バイクと何でも通って驚く。ストリートガールらしい雰囲気の美女も見える。地面に座り、前の小箱にミカンを一個だけ置いて売っている中年女性がいる。一個売れると横の布袋からまた一個だけ出して置く。その風景を美しく感ずる。

物売りたちはぼくと妻を即座に日本人とわかるらしく、おぼえている片言の日本語で話しかけてくる。その日本語が面白い。「もうかりまっか」「こんちは」「ともだち」「よってきませんか」「あけましておめでとう」「さよなら」「さらばじゃ」「おお神様」などと、すこぶる日本人の心のありようの一部をあらわしていて味わい深い。

板の上に五十個ほどの総入れ歯だけを並べて売っている中年男がいる。埃《ほこり》っぽいため白のマスクをしているぼくを見て男が懸命に手招きする。笑っている。ぼくがマスクをしているのは歯がないからだと思ったらしい。妻と男の前へ行って総入れ歯をながめる。たしかに歯茎のついた上十六本、下十六本の歯が並んだ見事な総入れ歯である。

それにしてもいったい誰が、この歯を調整する器具もない屋台で総入れ歯を買うのだろうと首をかしげた。見ると歯を売っている男の口は黒い穴みたいで、歯が二、三本しかないのである。これには笑ってしまった。

男の熱心なすすめを断わって歩きながら、ぼくはいい気分だった。それは凝縮された人生の哀歓の顔をもつこの広場を、穏《おだ》やかな自由が支配しているのを感じたからである。

ホテルへ戻って現地の案内人に聞くと、総入れ歯はもっぱら親が子供の結婚式のとき、来客に自分のきれいな歯を見せるために買うのだと言った。もし口の中に歯が何本か残っている場合は、それを全部抜いて総入れ歯を入れるのだと言い、案内人は笑った。いかにも痛そうな光景だが、ぼくは感動した。親が結婚する子供の門出の場で、子供を祝ってくれる人たちになんとか美しい親を見せたいという気持ちが痛いほどわかったからだ。

そしてぼくは、やっぱり俺も総入れ歯を一個、買ってくればよかった、と思ったのである。うちには未婚の息子が一人いるのだ。

ところがその約十年後、大王《だいおう》というのわが息子が四十七歳で高校の同級生の「まり子」と結婚、二〇二〇年の八月に四十九歳の二人に男の子が生まれるというのである。総入れ歯を買ってこなかったのに、うまくいったものだ。人生は楽しい。

旅中日記

観光など、それほど重要な仕事をもたない海外旅行でのぼくの楽しみは、昼間から堂々と酒を飲めることである。しかしふだんは昼間に酒は飲まない。飲んだあとの仕事がおじゃんになるし、夜の酒がまずくなるからである。

たまに自宅で昼間、来客もないのに一人でビールなど飲むと、後ろめたい気分になる。もしかすると十歳ごろ母に、近所の昼間から酒を飲んで働かない小父《おじ》さんを例に「いいか、昼間っから酒を飲むと不良《ふりよう》になるんだぞ」と脅《おど》されたからかもしれない。当時ぼくは不良というのを悪い人と思っていたので怯《おび》え、昼酒をよくないと考えたようだ。しかし小説など書くようになってからは母の忠告を忘れ、祝いごとなどがあれば昼も酒を飲んできたし、とりわけ海外では気持ちが解放されて昼の酒がうまい。つまりぼくは見事に不良になったわけである。

九月十三日　昼過ぎ、新千歳空港を飛び立った飛行機が上空に達すると、ぼくと妻は買ってきた二個の缶ビールを出して乾杯した。海外旅行出発の恒例行事だ。

妻が一カ月前、突然「プラハへ行こう」と言い、ぼくは黙って同調、チェコ、オーストリア、ハンガリーの団体旅行に加わった。ぼくは極端な話、旅の行く先や理由なんかどうでもいいし、妻は史跡や観光めあてとはいえ日常の時間と思考から自由になれると考えているようだから、つまりわれわれは、ここよりほかのどこかへを求めての旅立ちの気分なのだろう。

機内でビールと赤ワインを飲む。妻は家では夕食どき、ビールをコップ一杯飲むだけなのに、旅へ出ると昼も夜もビールとワインを飲むのは、気持ちが自由になるのだろう。

九月十四日　ブルタバ川のカレル橋を歩く。妻は歴史的な遺跡に熱心だが、ぼくは観光なんかはどうでもよく、万歩計の数字が増えるのと昼食、夕食の酒が楽しみでみんなについて歩くだけである。プラハ城を見たあとの昼食どきのレストランで飲んだピルスナー・ウルケルというビールが抜群の美味。酒がうまいと旅が楽しい。

夕食。ビアホールの楽隊が客に歌わせると聞き、ぼくが「ローレライ」でも歌おうとすると妻に強くとめられ、やめた。残念だった。今日は六時間歩き、万歩計が一万七千歩まで上がって嬉しい。歩数が多いと酒もうまい。

九月十五日　朝七時、バスでオーストリアのウィーンへ向け出発。ぼくが旅で最も気に入っているのは、動いて行くバスの窓から風景を見ることである。こっちが動いているため窓の向こうの光景も動いていて、山も川も草原も、村、街並み、人々の姿も立体になるのである。ぼくの場合、この風景だけで、そこの旅の九十%が終了するのである。昼食どきビール。

妻はぼくの酒量が多いと言うが、ぼくは少ないと考えている。ぼくは大酒飲みを自慢したい部類の人間だが、一応、肝臓が心配でここ四十年間、十日に一日は酒をあけてきた。酒にかかわる肝機能検査のγ《ガンマ》－GTPも基準範囲の上限が五十のところ、ぼくは半分以下の二十三と低い。早い話、もっともっと飲んでもいい計算になり、これもぼくの大きな自慢である。

オーストリアへの国境通過に検問所で二時間半待つ。バスの窓から、道ばたの草むらのあちこちに十人ほどの服装の派手な濃い化粧の女性が突っ立ち、所在《しょざい》なげに空など見上げたりしているのが見える。彼女らは、荷物検査まで半日近く時間のかかるトラックの運転手を自分の住まいなどへ案内するという。男に食事でもごちそうするのだろうか。国境は厳粛《げんしゅく》な場所と思っていたが、もしかすると時間が停まった自由な空間でもあるのかもしれない。

ぼくはバスの中でうたた寝する。月日や時間、仕事のことなど何一つ考えず、体の中がからっぽで爽快だ。けっきょく旅の目的は、その場に身を置くことなのだと悟る。

九月十六日　一日に一回は米の飯を食べないと機嫌が悪くなるぼくは三日目でホテルの朝食に飽き、妻が持ってきた和食を食べる。赤飯《せきはん》、シジミの味噌汁、サンマの缶詰め、梅干し、昆布《こんぶ》の佃煮《つくだに》で生き返った気分になる。我儘《わがまま》だと思うが、旅は気分が解放されるゆえに、まともな己《おのれ》と向き合う機会にもなってしまい、それはしかし、反省も込めて大切なことなのだろう。

九月十七日　ハンガリーへ。昼食でドレハーというビール。夜、ホテルの部屋でビイドバージャーというビール。いくら飲んでも深く酔わないのは人生が楽しいからである。

九月十八日　旅の最後の夜、ホテル近くの中国料理店「唐城飯店」で餃子《ぎょうざ》、春巻き、炒飯《チャーハン》を食べる。ビールはカールズバーグのほかドイツのダルグナー、ベルギーのステラがあってなつかしい。ぼくは餃子のタレは自分で作るのだが酢《す》がない。妻が店主に「ビネガー」「ス」と言ってみるが通じない。思いついて紙片に漢字で「酢」と書いて見せると、店主は満面に笑みを浮かべてうなずき酢を持ってきてくれた。漢字の威力と、中国と日本の文化のつながりの根に触れた気がした。

九月十九日　帰国の日、ウィーンの空港で妻とシュヴェヒャーターとジプファーの二種のビールで乾杯。飛行機内でイタリアのビール、ビィラ・モレッティを二缶飲み、眠りに入りながら人生ということを考える。

札幌の日常生活に戻って四日目、ぼくはたった五日前の旅が、何年も昔の遥《はる》か遠い出来事だったような気がした。しかしそれから十九年たったいまは、あの旅が昨日のことのように思える。

笑顔の人々

四年半ほど前のことである。妻がペトラ遺跡を見に行きたいと言うので、どこにあると聞くとヨルダンだという。びっくりして、いまはむずかしいのではないかと首をひねると妻はすぐ旅行会社に問い合わせた。するとやはりいまはまわりの情勢が不安定ゆえ安定したらツアーを実施するとの返事だった。

そして五カ月後の二〇一三年十一月二十日、ヨルダンへ出発した。ぼくはペトラについては何も知らないうえ旅の予定表も見ず、ただ妻にくっついて出掛けた。ツアー客は添乗員一人のほか、ぼくと妻を含めて五人と少ない。

香港でイスラエル航空に乗り換え、十二時間半でイスラエルのテルアビブ到着、次の日、ヨルダンとの国境でバスを降りイスラエルからの出国審査を受ける。一時間待ったあとトランクやパスポート審査。少し歩いてまた検査、さらに進んで同じ検査。建物を出ると今度は軍服姿の機関銃をかついだ軍人にトランクとパスポートを点検された。

二時間かかって外へ出、前方に見えた建物がヨルダンで、そこまでの百五十メートルの原っぱが両国の緩衝《かんしよう》地帯、つまり国境だという。ぼくらは砂利道を、トランクを引っぱって鉄条網が張られた国境を越えた。ヨルダンへの入国も機関銃を持った兵士や係官に何度も点検を受け、島国育ちのぼくは地つづきでの国境というものを学んだ。

次の日、ペトラ遺跡へ行くため日本円で一人二千円の観光馬車に妻と二人で乗る。ところが馭者《ぎよしや》が、馬車を引く馬をやたらに鞭《むち》で叩いて速度を上げるので「ゆっくり走ってくれ」と頼むと「チップをくれたらゆっくり走る」と、信じられないような妙なことを言う。断るとさらに馬車の速度を上げ、岩をくり抜いた狭いトンネル内でも前の馬車を追い越して走るのにびっくりし、小銭を渡すとゆっくり走ってくれた。これには驚いた。

一泊後、三千年以上前、預言者・モーゼが杖で岩を叩いて水を湧きださせる奇蹟を起こしたといわれる泉を見て、いま自分がシナイ半島とアラビア半島の境にいることに気づいた。モーゼが死んだというネボ山を見たあと死海《しかい》へ行く。普通の海水は三％という塩分が死海は三十三％で、魚が住めないので死海というそうだ。ぼくの妻らが水着に着替えて海面へあお向けになり、両手両足を動かさないで「浮いた浮いた」と喜んでいる。水を舐《な》めてみると、ひどくしょっぱい。イエスが洗礼を受けたというヨルダン川へ行くと川幅が三メートルほどしかないうえ、濁った水なのにはびっくりした。

再び国境を越えてイスラエルのガリラヤへ行き、イエスが二匹の魚と五つのパンを増やして説教を聞きにきた五千人を満腹にさせた奇蹟を起こしたといわれる教会に入ったあと、山上《さんじょう》の垂訓《すいくん》教会を見学。ある婚礼でワインが足りないときイエスが水をワインに変える奇蹟をおこなったといわれる教会へ入る。ぼくは奇蹟については無知だが、現地ガイドの「といわれている」という説明はよくわかった。ナザレでマリアにちなんだ受胎告知教会、聖ヨセフ教会を見学。

エルサレムに泊まった次の朝、ユダヤ教とキリスト教、イスラームの三つの宗教の聖地である神殿の丘へ登り、イエスの裁判がおこなわれたという教会へ入り、イエスが十字架を背負って歩いたという商店街の中の坂道を歩く。イエスが磔刑《たくけい》になったゴルゴダの丘へ行って驚いた。ぼくが劇映画で見たゴルゴダの丘は、映画のロケにしろ荒涼《こうりょう》とした原野だったのが、いまは商店がひしめく繁華街になっていた。通りにある聖墳墓《せいふんぼ》教会でイエスの墓や十字架が建てられた場所なども見る。

ユダヤ教の神殿がローマ軍に破壊されて残った外壁という「嘆《なげ》きの壁」へ行き、男は頭を隠せと言われキッパという帽子を借りる。願いごとを祈る場所と言われ、壁に向かって両手と額《ひたい》をくっつけるが何も思いつかずにいると、隣にいる同行の男性が妻の名を叫ぶと言うので、ぼくもわけがわからず自分の妻の名前を叫んだ。

イエスの生誕地があるというベツレヘムへ向かうが、そこはアラブ人が住むパレスチナ自治区でイスラエル人は入れないという。ぼくらのバスの運転手もガイドもイスラエル人のため、パレスチナとの境にある検問所でバスを降り、ぼくら六人だけで歩いて検問所を通る。パスポート検査のときパレスチナ自治区へ入る理由を聞かれ「買い物」とこたえる。そう言うようにイスラエルのガイドに教えられたのだ。

検問を出、パレスチナのガイドと六人乗りバスを雇《やと》ってベツレヘムへ向かう。イエスが生まれた場所という聖誕教会の地下洞窟を見たあと、街の商店で飾り皿などの買い物をし、再び検問所を通ってエルサレムへ戻った。

宗教に不学なぼくには、緊張した不思議な旅であった。ともあれ訪れた先々で出会ったほとんどの人々が、ぼくら異国人を優しく迎え、笑顔で見送ってくれた光景が美しい。治《ち》政《せい》などにかかわりなく、庶民はいずこも心豊かである。

親類

三十年近く前、アメリカのボストンのホテルで、おまえはベトナム人だろうと言われたことがある。自分でもだいたいのアジア人と似てると思っているから、笑っていた。実際、フィリピンや韓国、中国、インドネシアやタイの街を歩いていて、建物の窓ガラスに映る通行人の中にいるぼくの姿が地元の人とほとんど区別がつかず、なんとなく心やすらぐのである。その後、イタリアでイタリア人と間違えられたのには驚いた。メキシコでも地元の人間かと言われ、ぼくはすっかり混乱してしまった。

だが考えてみれば人類が地球上を何十万年も移動している間にいろんな血が混ざったはずだから、ぼくがどこの国の人と似ていてもおかしくないわけである。つまり遠い親類とも言えるからだ。

いつか読んだ本では、ぼくと妻の系統も両方の祖父母、曾《そう》祖父母とさかのぼってゆくと、計算上では二十代か、もう少し先まで戻ったところで、日本国民の一億三千万人全員が血縁関係になると書いてあったように思う。たしかなことはわからないが、この国のみんなも親類だと考えるのは楽しい。

それにしてもぼくをイタリア男と間違える人の目の粗雑さにはあきれるが、もしかするとぼくの顔が人種も民族も判別できないほど混ざって、ぐじゃぐじゃだということかもしれない。ともあれ現在のぼくの顔は黄褐色《おうかっしょく》で髪の毛は黒で、まぎれもないモンゴロイド、蒙古人種中のアジア系黄色人種なのである。


あるとき妻に「西部劇が好きならモニュメントバレーへ行かなくちゃ」と言われ、そうだそうだとアメリカ西部へ出発した。西部劇映画が二万本ほどあるうち、ぼくが見たのは五千本、持ってるのは二千本と少ないが、「駅馬車」一本を五十回は見ているから、西部劇にはかなりうるさいのである。もちろん善人が正義のためとか言って悪人をやっつけるのを喜んでいるわけではない。

まず法も秩序もない混沌とした開拓期、荒野を切り開く人々の、生きるためには他人をもあやめなければ自分が殺されるという殺伐《さつばつ》とした醜さが剝き出しになる究極のとき、人道主義で人類愛をつらぬいてゆく人々がいるという描き方に感動するのである。

であるから欲得で人をあやめたり大金持ちの悪徳資本家や騎兵隊が、そこに前から住んでいる先住民族の土地や食糧や生活風習はじめ、生命まで奪う光景は大嫌いである。

サンフランシスコ、ラスベガスを経由して着いたモニュメントバレーは、アメリカ西部のアリゾナ州とユタ州にまたがる広大な砂漠地帯であった。そこはナバホ族の土地で映画監督のジョン・フォードが「駅馬車」や「荒野の決闘」「黄色いリボン」などを撮影した場所である。現在、二十万人以上のナバホの人々が暮らしていて、アメリカ合衆国とは別に自分たちだけの独自の法律や警察をもち、その自治権を合衆国が認めているということである。

ナバホの人々の収入源は、観光や銀細工など工芸品の販売のほか、モニュメントバレーでのホテルやレストラン経営、自動車での観光案内などということであった。

ぼくが西部劇などで知っている先住民はナバホ、コマンチ、シャイアン、オタワ、モホーク、アパッチなどだったが、ここへきてほかにプエブロ、サルシー、チェロキー、クリーク、セミノール、モヒカン、セネカ、スー、シューなど五百三十もの人々になると聞き、その広がりの多さに感動した。

ナバホの人々が経営するホテルへ泊まった夜、レストランでの夕食のとき妻がぼくの顔を見て「あなた、ナバホの人に似ている」と言った。そうか、やっぱりな、とぼくは思った。なぜならナバホなどの人々は大昔、北極圏のベーリング海峡が地つづきだったときにアジアから移動してきたと言われるからである。その人たちも皮膚が黄褐色で髪が黒く、小児のときに蒙古斑があって、ぼくと同じモンゴロイドだと聞いていたからだ。何十万年もさかのぼれば、ぼくとナバホの人は親類なわけで似ているのは当然だった。

レストランの料理メニューを見て笑ってしまった。食べ物にここへきた俳優の名前をつけているのである。ジョン・ウェイン・バーガーというのが八ドル（日本円で九百円くらい）。ヘンリー・フォンダ・サンドウィッチが七ドル。チャールズ・ブロンソン・バーガーが七ドル。モーリン・オハラ・サンドウィッチも七ドルといった具合で、メニューを見ているだけで楽しい。

当然、ぼくが七十二歳にもなるのに映画「駅馬車」に魅せられてはるばる西部まできた記念として、この映画の主演の名がついたジョン・ウェイン・フライドチキン（九ドル）を食べたことは言うまでもない。

わがご先祖様である直立二足歩行の原人・ピテカントロプスまでさかのぼらなくても、地球人全員がぼくの親類である、と考えるのは楽しい。

二十八年間

　ことしもまた太平洋戦争が終わった八月がやってきた。当時ぼくは八歳だった。この戦争中、兵隊として千島へ行っていたぼくの長兄は終戦のとき一時、どうなったかわからなくなって父母は半狂乱になった。しかし半年後、長兄が着の身着のままの疲弊しきった姿で帰ってきたとき、家族は狂喜した。

　それから六十三年たったある日、ぼくは妻と二人で日本兵・横井《よこい》庄一《しょういち》さんが二十八年間も隠れひそんでいたという洞穴《どうけつ》が見たくてグアム島を訪れた。動機は一九七二年一月二十四日、現地の人に見つかって日本へ帰ってきたとき横井さんが言った「恥ずかしながら生きながらえて帰って参りました」という言葉に衝撃を受けたからである。当時、三十五歳の弱輩《じゃくはい》だったぼくは、戦争において成り行きはどうあれ、死なないことは栄誉だろうと思っていたのである。

二〇〇八年十二月中旬、氷点下四度の札幌を発ってグアム島へ着くと三十五度の猛暑であった。ぼくは七十一歳になっていた。グアム島は一八九八年にアメリカ合衆国の海外領土になり、一九四一年から三年間、日本軍が占領した。島の広さは日本の淡路島よりも小さく、人口も約十七万人という。

日本語を話すサントスさん運転のタクシーに乗る。彼が「グアムでは横井庄一さんは英雄です。意志の人、精神力の人でグアムの人はほとんどが横井さんの二十八年間の頑張りをほめたたえてます」と言うのを聞き、ぼくはホッとした。太平洋戦争が終わったその二十八年後に横井さんが無事帰還したときの日本国民が英雄と思ったかどうかの反応はおぼえていないが、たぶんみんなが喜んだはずだと、ぼくは思っている。

タクシーで四十分、ジャングルの中にある「横井洞穴・滝公園」へ着く。山奥の大密林だが、横井さんが見つかってから一帯が公園になったそうだ。スペイン風の豪華なレストラン、展望台やグアム歴史館、ケーブルカー、豆汽車、野外射撃場、噴水、化け物ハウス、モノレールなど、すべて横井さんが隠れていたことが有名になってできた大遊園地である。

入り口ゲートに大きな日本語で「横井庄一・日本の誇り」と横書きした大看板が掲げられている。そこから妻と二人で入場券を買って中へ入った。

崖《がけ》に出て見おろすと百メートルくらい下が横井さんがいた深い谷底で、歩いては降りられないためケーブルカーに乗る。川べりで降り、崖の小道を登る。密林の中に急に「横井ストア」の建物が出、横井グッズ、菓子などを売っている。横を通って密林の奥へ向かう。草むらや足元をトカゲが走りまわる。二キロ程行くと突然、竹林の中の広場に出た。横井洞穴の跡だ。横を川が流れている。看板に横井さんが隠れていた洞窟図が書かれている。洞穴は川へ降りる斜面の草むらに、まず地中へ向かって三メートルの縦穴を掘り、その底から横へ四メートルの横穴を掘ったところに人間がやっと立てるくらいの円形の部屋を作り、そこで寝起きをしていたものだ。縦穴への出入りには細い梯子《はしご》を使っている。この構造では地元の人に見つかるわけはない。

別の看板に日本語で「英雄・横井下士官《かしかん》、終戦を知らず二十八年間ジャングル苦闘生活写真」と書き、横井さんが作って使った食器や煮炊《にた》き用具、椅子など数多くの生活用品の写真が貼《は》ってある。

横井さんは太平洋戦争中の一九四一年に日本兵として再召集され、満州を経て一九四四年にグアム島へ配属後、連合軍に追われて部隊が散《ち》り散《ぢ》りになり、横井さんと中畠悟さんと志知幹夫さんがこの密林に逃げ込んだ。やがて中畠さんと志知さんは食中毒で死亡、横井さんは洞穴の中に仏壇を作ってずっと戦友を弔《とむら》いつづけた。

現地の人に見つからないよう昼間は穴に隠れて夜に穴を出て行動、川の水を汲み、魚やトカゲをとって食べる。バナナやマンゴーの実を食べて命をつなぐ。

横井さんは終戦から十八年後、うすうす戦争が終わったのを感じたが、出て行けなかった。捕《つか》まって軍法会議にかけられ、逃亡罪で死刑にされるのが恐ろしかったという。「恥ずかしながら」という言葉が口をついて出たのも、日本軍部の「生きて虜囚《りよしゆう》の辱《はずかし》めを受けず」という戦陣訓《せんじんくん》が骨の髄《ずい》までしみ込んでいたからだという。

もしかすると横井さんは日本へ帰って音楽か文学、法律か農業、政治か経営の仕事をしたいという夢をもっていたかもしれない。その夢を見つつ異国の洞穴に二十八年間も隠れていたとしたら、惨《むご》い。


横井庄一さんは一九九七年九月、八十二歳で亡くなった。そのとき言い残した「人間に国のため世のため人のために働けというのは間違い。人間は自分のために働く。それでいい」という言葉にも、補足説明を必要とする面はあるにせよ、ぼくは重い衝撃を受ける。

この言葉の裏に、戦争によって人生で最も貴重な青春期の夢と恋愛の時空を失った者の、悲痛な呻《うめ》きを聞くからである。

二着の背広

ぼくは旭川での講演には夏でも冬でも必ず、ベージュ色の上下そろいのスーツを身に着けて行く。

しゃれたサイドベンツになっているこの背広は、上着の左胸の内側に濃紺の糸の刺繡《ししゅう》で三浦光世・三浦綾子の文字が刻まれてあり、右側の胸の裏側には小檜山博と刺繡されている。つまりこれを着ると三浦ご夫妻の名前がちょうどぼくの心臓のところにくるのである。

三十一年前、本の編集者をしていたぼくが三浦綾子さんの『ナナカマドの街から』というエッセイ集や小説集など何冊か作らせていただいたとき、三越で仕立ててくださったものである。いっしょにネクタイとベルトも選んでくださった。

このスーツが二着あるのは、一度できてぼくは満足して三浦さんに着て見せると彼女が、形がちょっと気に入らないからもう一着作ろうと言って同じものが二着できたのである。そのうちの一着に名前を入れてくださったのである。

三十一年たったいまなお、ぼくは二着ともすこぶる気に入って着つづけている。

三浦光世さんはぼくと同じ滝上《たきのうえ》で育ったことや、お互いにカラオケで歌うのが好きなこともあり、それからは三浦ご夫妻とぼくら夫婦がしょっちゅう会うことになった。

あるとき三浦さんのお宅へうかがうと居間に高価なカラオケのセットが据えられてあり、ぼくのための専用のマイクも二本用意してあるのには驚いた。

三浦さんご夫妻は酒はほとんど飲まないためぼく一人で飲んで酔い、やがて綾子さんがマイクを持って立つと光世さんとぼくとを節をつけて紹介する。たとえば夫のことは「旭川が誇る美男子。三浦光世が歌う名曲『誰か故郷を想わざる』をお聞きください」という按配《あんばい》であった。光世さんの張りのある甘い声での歌は「白い花の咲く頃」も「湯の町エレジー」も絶品であった。ぼくはそのころも慎《つつし》み深くなかったから、綾子さんにそそのかされるまま「旅笠道中」「夜霧のブルース」と歌ったものだ。

ぼくらが歌うと綾子さんはすぐ踊った。居間のはしからはしまで動き回っての即興での踊りであった。それは日本舞踊とオペラの舞踊を混ぜたような不思議なものだったが、ぼくらの歌の情緒に合わせての創作踊りであった。

やがて綾子さんも小学唱歌はじめ「湯島の白梅」などを歌った。酒も飲んでいないのに、何かに酔ってでもいるかのような歌い方や踊りの姿に、ぼくは三浦綾子が小説に立ち向かうときの心のありようを見た気がした。それは歌詞の物語の世界で主人公になりきっている光景であった。

光世さんが六十一歳、綾子さん六十三歳、ぼくが四十八歳だった。その後、何度も自宅に招かれて歌った。札幌の酒場でいっしょに歌い、彼女の北海道功労賞授賞式のときは開拓記念館でぼくが歌った。三浦綾子全集の解説を書かせていただいたときぼくは、彼女が踊りと歌の中で浮遊していた情景の美しさを愚見の核の一つとした。

一九八九年三月、ぼくは旭川商工会議所に招かれて講演に出掛けた。夕方、会場の入り口近くにいると三浦光世・綾子ご夫妻が入ってくるのが見えて驚いた。ぼくは二人のところへ走り寄ると「困ります、帰ってください」と押し返したが、二人は笑いながら足早に会場へ入ってしまったのだった。これは参った、と思ったがどうしようもなかった。

講演の間、一番前の席に座っている二人の姿が眼に入り、ぼくは大量の汗を流しつづけたのだった。

講演のあと二人はぼくに軽く挨拶されると、すぐ玄関へ向かわれたので、ほっとした。

そのあと隣の部屋でぼくの著書のサイン会が用意され、書店が六、七種類の本を並べて販売していた。本を求めてくださる人が並びはじめ、ぼくも座った。サインをしていると三種類の本を重ねて差し出してきた人がおり、顔を上げると三浦さんご夫妻だった。ニコニコと笑っていた。まだ帰ってなかったのだ。

ぼくは立ち上がると本を押し返し「困ります。本はあとでお送りしますから」と言った。しかし二人は「ほら、後ろでみなさん待ってますよ」と笑うだけだった。綾子さんにせき立てられ、ぼくは仕方なく三冊に署名をした。首や背中から多量の汗が噴き出しつづけた。

三浦さんご夫妻が帰って間もなく突然、思い出した。お二人が買って行かれた本は、発刊されたときにぼくがちゃんと自宅あてに贈呈してあったのだった。

ぼくなんかの講演を聞きにきてくれたのも、聴衆が少なくては気の毒だと思ったからのはずだし、持っている本をまた買ってくれたのも、サイン会で本が売れなくては可哀想だとの思いやりに違いなかった。そのことに気づいて、ぼくは呆然と天をあおいだ。

三浦綾子さんが他界されて二十年近くなり、そして三浦光世さんも永眠された。淋しい。しかしぼくにはご夫妻と過ごしたたくさんの記憶と、三十通もの手紙と二着の背広がある。大丈夫だ。

ツイてた

六歳のとき、コクワの実をとろうとコクワの蔓《つる》が巻きついている白樺の木のてっぺんによじ登って落下、下にあった倒木に頭を打って気絶した。友達に揺り動かされて気づいたが、母に言うとこっぴどく怒られるので黙っていたが、打ちどころが悪かったら死んでただろう。ツイてたと思う。

小学一年生のときの夏、学校帰りに川で泳いで溺《おぼ》れ、上級生に助けられたが、したたかに水を飲んでしばらく呼吸ができず意識が朦朧《もうろう》としていた。親に言うと「ぼやっとしてるからだ」と怒られそうなので黙っていた。

小学四年生のとき、押し切りという馬草を切る刃物で草を切っていた。ぼくがしゃがんで両手に持った草を刃に載せ、隣の家の小学一年生の男の子に柄《え》を押しおろす作業を手伝わせていた。そのうちぼくは草を握っている指に激しい痛みをおぼえて飛び上がった。見ると右手の人差し指の先が三ミリほど切り落とされていた。ぼくは痛くて走り回りながら大声で泣き喚《わめ》いた。隣の子も驚いて泣きながら自分の家へ走って帰った。ぼくの指は先っぽ三ミリがなくなり、それから七十年間、右手の人差し指を人の眼から隠すようにしてきた。これで小説家に必要な劣等感が育った。しかし三ミリですんだのはツイてた。

ぼくはツイてるという言葉の、あやふやな感じが好きである。長く生きてくる間、うまくいったものだなと感じることがたくさんあり、どうしてなのかわかろうともせず、俺はツイてたなと思うだけで通り過ぎてきた。

子供のときからいままでの節目節目の分岐点で、もしかしたらあのときまったく別の道へ行っていたかもしれないと思う出来事が無数にあり、ひょっとすると死んでいたかもしれないと感じることも数多い。どれも自分のしっかりした考えや判断で選んだ記憶はなく、その場の成り行きで、あるいは無意識のうちにいくらか意思がはたらいたのかもしれないが、自分ではなんとなくそうなってしまったという気がするのである。気質がいいかげんということになるのかもしれない。

とはいえ、ぼくはツイてるという言葉の具体的な意味を知らない。辞典には好運に恵まれているとか、めぐり合わせがいいことと書いてあって、そういう曖昧《あいまい》な意味のところを、ぼくが気に入っているのかもしれない。

ぼくのような自分に自信のない劣等感まみれの人間の場合のツイてるは、偶然とか、まぐれによる幸運のことで、たいへんありがたいのである。

小学五年生のとき学校の廊下で跳び箱を跳んでいた。体育館というものがないので雨の日は廊下を使った。ぼくはその跳び箱を跳んで天井の太い梁《はり》に頭のてっぺんを激突、気絶した。血がとまらず、しばらく廊下に寝ていた。頭から顎《あご》へ包帯を巻いて家へ帰ったが、親には転んだと言った。事実を言っても母に「トッピラズキだからだ」と怒られるのがわかっていた。トッピラズキという言葉の意味は知らなかったが、母がしょっちゅう口にする感じから、「どうしようもない慌《あわ》て者」ということのようであった。母の出身地の福島県の方言かもしれない。ともあれそれから七十年たったいまなお、ぼくの頭のてっぺんには、直径三センチほどの球を半分に割って伏せたような瘤《こぶ》が残っている。死ななかったのはツイていたからだと思う。

小学六年生のとき、学校での野球で、ぼくは三塁手をやっていた。打者が空振《からぶ》りした木のバットが手からすっぽ抜け、空中を飛んできてぼくの口に当たり、気絶して倒れた。唇が切れて上の前歯が一本、根元から折れたが母は「あらあらあらあら」と驚き「これですんでよかったさ」と言った。母が怒らないので、ぼくはびっくりした。うちにおカネがないため中学三年までの三年間、歯を入れられず、喋ると歯のない隙間《すきま》から息がもれて言葉がもごもごになり、女生徒に恥ずかしかった。バットが少しずれて眉間《みけん》にでも当たってい たら、ぼくは十二歳で土の下に眠ってしまったかもしれないと思うと、俺はツイてたと思うのである。

中学一年生の冬、全校生徒の男子によるスキーのジャンプ大会で、ぼくはぼくを馬鹿にする、ある上級生にだけ勝ちたいと、空中でかなり思いきった前傾をかけて飛んだ。最長不倒で優勝したが、着地したあと疲労でスキーをうまく操作できず場外まで滑《すべ》り、雪原の排水溝の中へ頭から突っ込んで気絶した。

成長ざかりの少年期に、こんなに気絶ばかりしているのだから、頭のはたらきがちゃんと成育するはずはない。しかし、なんだかよくはわからないがツイてたと思う。

中学二年のとき村に中学があるのに親が街の中学へ転校させてくれたこともツイてた。父が普通高校進学を許さず苫小牧工業高校電気科を命令したこと。就職で電力会社を落ちて北海道新聞社へ入れたこと。東京支社へ転勤できて北海道が見えたこと。東京で結婚相手に出会えたこと。転勤で札幌へ戻れて東京が見え、自分が書くべき小説の主題が認識できたこと。

これらすべてツイてたからだと思う。しかし、ま、八十三歳になってまでツイてたと喜んでいるのは無能な証拠、反省する。これからは自分の力で思いをめぐらせて選択、残生《ざんせい》を堂々と生きてゆきたいと思う。

しかし、やっぱりツキがほしい。

わが宇宙

人はそれぞれ心の中に自分の宇宙をもっているようだ。三十二年前、散歩していた山腹から見えた日本海や手稲山の風景が気に入って家を建てるつもりになり、その夜もう一度、現場を見に行った。星が見えるかどうか確かめるためだった。家も街灯も少なくて星がよく見え、そこに決めた。

ずっと後になって、どうして星を見える場所なんか選んだのだろうと考えて、思い当たることがある。十五歳ごろ何かの本で、死にたくなったら夜空の星を見上げよ、宇宙の大きさを知ったら人間の悩みの小ささがわかる、というような意味のことを読んだ記憶である。

べつにそのころ死にたいなどと思っていたわけではなかったが、それから星空を見上げるのが癖になった。

宇宙という文字を見ただけでぼくは頭が混乱するのはもちろん、宇宙は無限大だと聞くと気が遠くなりかける。だいたい限りのない広さということが理解できない。アインシュタインの相対性理論を読むと、いまかりに無限大の向こうまで見える望遠鏡というものがあって、ぼくがそれをのぞいたとする。そこにぼく自身の後頭部が見えるはずで、それが宇宙の無限大だみたいなことが書いてある。

なんだか、はぐらかされたような気がするが、そういうものかと思うしかない。アインシュタインはまた時間も空間も伸び縮みするみたいなことを言っているが、こんな妙なことを科学に無知なぼくが信じられるわけがない。

二十年ほど前、何かのきっかけから妻と南十字星が見たいという話になった。天の川の中でもとくに美しい場所にある星座で、日本からはよく見えず北緯二十五度より南の空で見ることのできる星座だという。この南十字星は四個の星からなり、四つの星を線で結ぶと十字の形になるためこの名があり、十字の縦の線が正しく南北を示すという。

ぼくと妻はこの星を見ようと、これまでも北緯二十五度以南のタイやシンガポール、バリ島やフィリピン、ハワイ、グアム島やインドネシアへ行ったついでに地元の人に聞いて星を探したが見ることができなかった。

ペルーのアンデス山脈の頂上、四千メートルのところでバスから降りて天の川の中を探したがわからなかった。またエジプトのカイロやモロッコのアトラス山脈の頂上でも、ここはアフリカだからと思って人に聞いてみたが、どちらも緯度が日本の沖縄より北で南十字星を見ることはできなかった。

あるとき、五月中旬から下旬ごろにオーストラリアで南十字星がよく見えるということを聞いて出掛けた。二〇一〇年五月十七日、オーストラリアのエアーズロック近くの草原で夜を待った。

そしてすべての明かりを消した夜半、地平線までさえぎるもののない百八十度の夜空いちめんに天の川の星雲が広がった。頭上におおいかぶさってくる黒い半円球の空に、レモンの汁をぶちまけたような星雲群であった。その黄金の絨緞《じゅうたん》みたいな星の多さに度肝《どぎも》を抜かれた。

案内係の男性がペンライトの光で天空の星を説明、南十字星を教えてくれる。輝きの強い四つの星であった。こうしてぼくらはやっと天の川の中の南十字星を肉眼で見ることができたのだった。

この南十字星を取り囲むというケンタウルス座までの地球からの距離は四・三光年で、一光年とは光が一年間かかって到達する距離である。光の速度は一秒間におよそ三十万キロ、これは地球を八周近く回る速度だそうだが、その光が一年かかって進む距離が九兆四千六百億キロだという。この光の速さでもケンタウルス座までは四年半もかかるという。
ちなみに北極星はさらに遠く、光の時速十億八千万キロのスピードでも四百五十年かかるというのである。いまぼくが見ている北極星の輝きは、四百五十年前の徳川家康と石田三成が戦った関ヶ原の合戦のときくらいに北極星を出発した光が、いまやっと地球へ届いたものとなる。

またアンドロメダ銀河は地球から肉眼で見えるそうだが、この星雲までの距離も光の速度で二百万年もかかる遠さだというから目眩がする。


宇宙からみるとぼくの八十年ほどの人生など一瞬でさえないのだろう。しかしぼく自身はなぜか、自分の過ごしてきた年月をとてつもなく長く感じるのである。

三歳から十歳ごろの夏、裏の川でウグイやドジョウをすくい、山ブドウやコクワ、グミやグスベリをとって遊んだ日々が百年間もつづいた気がする。小学校から十数年通った学校で出会った何百人もの友達が見える。中学二年に街の中学へ転校して往復三十四キロの道を歩いて通った日々。疲れたぼくに水を飲ませてくれた村人、吹雪のとき家へ入って休んでいけと避難させてくれた村人の笑顔が見える。楽しかった。その楽しさは千年もつづいたように感じる。ある会社の就職試験に落ち、己の無能さに失望して眠れなかった幾夜《いくよ》。読んでもらえる当てのない小説を書きつづけた十七歳から三十七歳までの、自分の非才さに絶望しかかった二十年の日々。三十九歳でやっと文芸雑誌から小説の依頼がきて、打ち合わせに東京へ出てこいと言われたとき、ぼくは旅費がなかった。そのとき「これ使え」と十万円を貸してくれた高校の同級生がいる。後日、返そうとしても彼はけっして受け取らなかった。彼は六十歳で病死した。

しかしいまぼくは、四十三年前、返そうとしたおカネを押し返してきて「困ったときはお互いさまよ」と言った彼の笑顔を忘れない。忘れるわけにいかない。

こうした八十年の人生が詰まったぼくの記憶の無限大さは、まぎれもなくぼくの宇宙である。

後記

過去を振り返るのが苦手なのは、そこに浮き出てくるのがいつも、いいかげんで曖昧なくせに必死な、見苦しい自分だからだ。しかし物を書くとは、つらい記憶と向き合うことでもあるから厄介《やっかい》だ。

二十代から三十代半ばの混沌もその一つで、己の粗野、不学、愚かさを取りつくろう反面、社会の不平等を批判、かつ名声や地位に惹《ひ》かれるなどに疲れ、自己嫌悪におちいった。非才ゆえの、夢を追う幼さと滑稽さと道化の癖は長く生きてきても消えず、この本にもあらわれてしまった。気恥ずかしいが、しようがない。わが人生をささえてきたのが劣等感だと思えば、よくできたほうだと言うしかない。

この『人生讃歌　北国のぬくもり』は車内誌「THE　JR　Hokkaido」に二〇一六年七月号から二〇二〇年七月号まで連載された「人生讃歌」四十四回を収めたもの

である。これまで同誌に連載して出版された『人生という旅』『人生讃歌』『人生という夢』につづく四冊目の単行本化である。

改めてぼくの拙文を掲載くださった北海道ジェイ・アール・エージェンシー社長の幅口堅二氏に感謝申し上げます。なお十五年の長きにわたってぼくの粗雑な原稿と苦闘してくださっている編集責任の池田隆氏には、特別の敬意と感謝をこめて厚くお礼申し上げます。同時に編集部の髙木祐介氏、伊藤恵さん、平塚智恵美さん、北室かず子さん、桶口雅子さん、挿絵の中江潤一氏に、厚くお礼申し上げます。また新しく同誌にたずさわられるJR北海道ソリューションズ社長の森下昌氏には、この先のご指導、よろしくお願い致します。

さらに、ぼくの執筆を支えつづけてくださるJR北海道社長の島田修氏、山口力氏、石見誠嗣氏はじめ、JR北海道関係の方々に心から深く感謝申し上げます。

書名の『人生讃歌　北国のぬくもり』は、この本を作ってくださった河出書房新社編集部の太田美穂さんが考えてくれた。ぼくの心の風土をとらえてくださっての美事な題と絶妙なる構成の編集。長いお付き合いのおかげとはいえ、彼女の感性の輝きに敬服します。

この本を、ぼくに連載をおすすめくださった元・ＪＲ北海道会長の小池明夫氏、同広報部長の仙北屋《せんぼくや》正明氏、そしていまは亡き元・ＪＲ北海道会長の坂本眞一氏に捧げます。

二〇二〇年七月七日

小檜山　博

＊初出――「ＴＨＥ　ＪＲ　Ｈｏｋｋａｉｄｏ」二〇一六年七月号〜二〇二〇年七月号

小檜山博（こひやま　はく）
1937年4月北海道滝上町に生まれる。
1976年　『出刃』で北方文芸賞受賞。
1983年　『光る女』で泉鏡花文学賞受賞、
　　　　北海道新聞文学賞受賞。
1997年　札幌芸術賞受賞。
1998年　滝上町社会功労賞受賞。
2003年　『光る大雪』で木山捷平文学賞受賞。
2005年　北海道文化賞受賞。
2007年　北海道功労賞受賞。
2011年　鹿追町自治功労賞受賞。
2020年　小檜山博文学館開設（北海道滝上町）。
著書に『地の音』『雪嵐』『夢の女』『スコール』
『風少年』『漂着』『人生という旅』『人生讃歌』
『人生という夢』『人生という花』等多数。

人生讃歌　北国のぬくもり

二〇二〇年七月二〇日　初版印刷
二〇二〇年七月三〇日　初版発行

著　者　小檜山博
装　丁　坂川栄治＋鳴田小夜子（坂川事務所）
装　画　川上和生
発行者　小野寺優
発行所　株式会社河出書房新社
〒一五一-〇〇五一
東京都渋谷区千駄ヶ谷二-三二-二
電話　〇三-三四〇四-一二〇一（営業）
　　　〇三-三四〇四-八六一一（編集）
http://www.kawade.co.jp/

組版　KAWADE DTP WORKS
印刷　三松堂株式会社
製本　小泉製本株式会社

Printed in Japan　ISBN978-4-309-02902-3

河出書房新社・小檜山博の本

人生という旅

あなたに出会えてよかった――。ひたすら夢を追いつづけた日々、心を支えてくれたのは、いつも人の優しさだった。明日への希望あふれる感動のエッセイ。河出文庫

人生讃歌

極貧の絶望にあっても、ひたむきに生きた。人の情けに涙し、温もりに支えられた。時が流れ、振り返れば苦難の道も輝く。人生を愛おしむ珠玉のエッセイ。河出文庫

人生という夢

悲しくて空を見上げれば、希望という名の虹の橋。夢があるからこそ、生きてこられた――。遥かなる道を思い返せば、息をのむほど人生は美しい。感涙のエッセイ。

人生という花

春夏秋冬、季節はめぐり、花々が咲き誇る。生きている限り、あらたな希望が湧き上がる――。「花」にかかわる名句や諺から、人間の奥深さを描く感動のエッセイ。